京派文学思想研究

JINGPAI WENXUESIXIANG YANJIU

钱果长 著

本书系『安徽省哲学社会科学规划项目』成果

安徽师范大学出版社

·芜湖·

责任编辑:李克非

装帧设计:丁奕奕

图书在版编目(CIP)数据

京派文学思想研究 / 钱果长著.—芜湖:安徽师范大学出版社,2017.4(2024.6 重印)
ISBN 978-7-5676-2709-3

Ⅰ.①京… Ⅱ.①钱… Ⅲ.①京派 – 文学思想 – 研究 Ⅳ.①I209.91

中国版本图书馆CIP数据核字(2016)第321853号

京派文学思想研究

钱果长　著

出版发行:安徽师范大学出版社

　　芜湖市九华南路189号安徽师范大学花津校区　邮政编码:241002

网　　　址:http://www.ahnupress.com/

发 行 部:0553-3883578 5910327 5910310(传真)E-mail:asdcbsfxb@126.com

印　　　刷:阳谷毕升印务有限公司

版　　　次:2017年4月第1版

印　　　次:2024年6月第2次印刷

规　　　格:700×1000　1/16

印　　　张:12

字　　　数:180千字

书　　　号:ISBN 978-7-5676-2709-3

定　　　价:48.00元

序

黄万华

　　钱果长当初决定将京派文学思想研究作为他博士论文选题时，也许有的老师会考虑到沈从文及京派研究是二十世纪八十年代以来中国现代文学研究成果丰硕的领域，此类领域往往成为博士论文选题的忌讳。我则同意了这一选题，因为我觉得，选择鲁迅研究一类成果丰硕的领域，需要对现有众多研究成果逐一梳理、认真思考，在这过程中会接触到学科学术史的重要内容，借鉴到不同时期的不同研究方法，还可能受到各家各派学术建构的影响，这对于青年研究者显然是一种有益的训练、陶冶。我甚至不无偏见地认为，能在鲁迅研究上提供新思考、新成果的青年学者比在"空白"类课题上取得学术分量相近的成果的同龄学人更有潜力。沈从文及京派研究虽比不上鲁迅研究的久远、深厚，但近三十年，治现代文学有成者，大多进入过这一领域，其成果不仅推动、深化了沈从文及京派研究，而且引起整个现代文学学科建设和研究格局的调整、深化。钱果长对京派研究的历史及其成果的梳理系统、细致，对前辈的学术建树怀有敬意，虚心认真接纳，而更重要的是从中发现、把握学术生长点。他把战前、战时、战后三个阶段京派文学思想"恒中有变"过程的动态考察和京派文学思想的整体观照作为自己博士论文的重点，找到了富有学术成长前景的研究内容。

　　在将京派从战前至战后的全过程予以考察中，钱果长充分关注了以往被忽略的战后初期京派重新聚集平津地区的文学活动，细致考察这一时期京派文学思想的建树，是很有学术意义和价值的。如他所说，"如果立足于创作实绩，京派在此时期似乎无所建树；但事实上，京派在战后初期仍然保持着旺盛的势头……他们围绕报纸副刊及杂志所展开一系列的'文化建国'或'文学建国'的理论探讨，成为京派在此时期最主要的文学实绩"，战后京派围绕"中国文学的重建"展开的诸多理论探讨和相应主张的提出，既是其战时思考的深化，更是其着眼中华民族文学的未来而跃跃欲试的创作先声，成为中国新文学进程中极有现代建设价值和意义的一环。将战后京派纳入京派研究的视野，不仅更深入地沟通文学创作和理论建树以深化京派研究，而且使得京派贯穿战前、战时、战后这三个重要历史阶段，从而成为中国现代文学的一种重要传统。当京派真正成为五四后中国现代文学多种传统（例如感时忧国的文学传统、现代主义文学传统、通俗文学传统等）中自成一脉的传统，其成就、经验就更具有现代文学整体格局上的价值，这对于京派研究显然是很有意义的。

　　不过，战后作为京派的"后发"时期，其研究有一定的难度。这一时期当是中国近现代史中最复杂、最重要的时期之一，社会矛盾的错综性、政治冲突的激烈性等皆非研究者能轻易把握的。而这一时期的文学成为中国现代文学与当代文学的分水岭，其转型的历史复杂性，也绝非以往的二元论等思维能考察清楚的。而恰恰是此时期中国现状的复杂性，才映衬出京派文学理想及其追求中的挫败的价值。钱果长对战后京派文学思想的探讨，不仅在纵向的历史考察中展开，更在京派文学思想的各个专题中深化。

　　钱果长对京派文学思想的整体考察分文学思想本体论、文学创作思想主体论、文学批评思想主体论三大方面展开，这样的分类不是为了求稳妥，而是契合京派文学思想的本貌而求得深入。这三方面内容都凸显了作者文学性的研究立场和方法。文学研究面对的研究对象往往有其特性，研究如何确定、运用契合研究对象的研究方法尤其重要。京派从本质上而言，代表了中国现代文学中坚守艺术本位的传统，而这一传统发生在充满内外忧患的中国现当代历史进程中，就有了其他国家"纯艺术"可能没有的复杂性、丰富性，其中在关注现实中坚守艺术本分的经验就格外重要，京派就是这样一种传统。而这一问题在抗战及战后两个历史时期所获得的实践意义更为丰富和重要，这两个时期民族的存亡、国家的兴衰等矛盾更激烈、复杂，对"纯文学"的考验也更为严峻。京派形成、兴盛于二十世纪三十年代，那时"京海之争"的焦点主要集中在文学与政治、文学与商业等文学的外部关系上。如果将京派战前、战时、战后贯通起来考察，会意识到，京派"本体论"的文学思想的发展、深化是在文学的内外关系调整中展开的，也就是说，京派开拓的是一种在关注现实中求得文学自身久远发展的路径。所以，钱果长强调并实践的"在研究视角上将坚持文学性的立场"，是找到了契合京派研究的研究方法。而这种研究，对研究者是一种很好的学术检验。文学性是文学之所以成为文学的本质所在，所谓文学的内容和形式已无法分割，结构、叙事方式、语言等被视为形式的东西，其实包含着作者对世界的观照、视野、情怀、思考等，它们才是一部文学作品的基础，而它们也需要在作者深化、丰富自己对包括现实社会在内的世界的观照、思考中得以更新。但中国近现代社会的巨大动荡和传统文学观念的影响，往往使得"文学性"不合时宜，京派的命运也说明了这一点。然而，恰恰是京派的曲折经历，不仅使得它文学本分的理论主张更富有建设性，也使得京派理论更有日后的离散性、回应性，在战后三十年的台湾、香港文学中得以生存、发展，也在二十世纪八十年代后的中国大陆文学中得以回归，从而真正成为中国新文学的重要源流。如果没有对"文学性"敏锐、深刻的觉察、把握，是难以进入京派这样的研究对象的，也难以拓展其他文学研究。钱果长自觉意识到了这些，由此有了契合京派文学研究的研究立场和方法，并有了较好的展开，不仅对他此课题的研究有益，也预示出日后研究的潜力和前景。

我想，正是由于上述情况，《京派文学思想研究》一书在京派研究上取得了可喜的新成果。论著正论的四章，皆有新发现、新思考、新结论，虽还可以更细致、深入些，但作为博士论文，不仅以具体的考察和研究推进了京派研究，而且其研究实际上提出了包括文学史的分合、断续等有价值的文学史问题。一种研究，如果能产生新的有价值的问题，不仅是这一研究很好的成果，也表明这一研究的学术生长力。相信钱果长会继续努力，让这种学术生长力产生更好的成果。

2017年3月于山东大学

目　录

绪　论

文学史上对京派作家的研究，起步较早，比如对废名、沈从文等作家的研究，就与他们的创作具有某种共时性，但把京派作为一个文学流派进行研究则相对较晚。学界重提京派，是在二十世纪八十年代初。"重提"的过程与沈从文的"重新发现"有着一定的联系。二十世纪八十年代初，朱光潜、姚雪垠、丁玲等著文提及京派并都强调沈从文在其中的重要地位。[①]1985年，凌宇的硕士论文《从边城走向世界——对作为文学家的沈从文的研究》[②]出版，它在开创新时期沈从文研究的新局面和新高度的同时，无疑也可被视为开新时期京派研究的先河。

从二十世纪八十年代迄今，关于京派小说、诗歌、散文、戏剧、文学批评等都已有相当的研究成果，其中严家炎、吴福辉、杨义等对京派小说的研究，范培松对京派散文的研究，李俊国、刘峰杰、温儒敏、黄键等对

---

① 据朱光潜回忆：沈从文编《大公报·文艺副刊》，他编商务印书馆的《文学杂志》，"把北京的一些文人纠集在一起，占据了这两个文艺阵地，因此博得了所谓'京派文人'的称呼"。姚雪垠则称沈从文是"在北京的年轻一代的'京派'代表"。丁玲明确指出沈从文是"当年京派作家的领衔者"。参见朱光潜《从沈从文先生的人格看他的文艺风格》（《花城》1980年第5期）、姚雪垠《学习追求五十年（一）》（《新文学史料》1980年第3期）和丁玲《五代同堂，振兴中华》（《文艺报》1982年第3期）。

② 凌宇：《从边城走向世界——对作为文学家的沈从文的研究》，生活·读书·新知三联书店1985年版。

京派文学批评的研究等，都已达到较高的理论深度和学术水平。对三十年来的京派"研究史"进行梳理，我们可以发现，大致以1995年为界，京派研究可分为前后两个时期，显现出不同的研究特点。

在前期，主要着重于对京派作家的文学创作和文学批评进行研究，研究者们对京派作家所提供的丰富的文学世界图景进行了细致深入的挖掘和剖析。虽然把京派作为文学流派进行研究起步较晚，但起点颇高，在这一时期产生的一些成果，至今在京派研究中仍占据相当重要的地位并发挥影响。其中严家炎的《中国现代小说流派史》①、杨义的《中国现代小说史》②、吴福辉的《京派小说选·前言》③等分别从小说流派的角度，对京派的历史形成、京派小说的思想和艺术成就等作出了较为恰当的评述。李俊国、刘峰杰、温儒敏则对京派文学批评作了专题研究，对京派文学批评家、文学批评观、批评方法和批评特色等作了较深入的探讨和辨析，肯定了京派文学批评在中国现代文学批评史上的地位和价值。许道明的《京派文学的世界》④更是突破专题研究的局限，对京派文学作整体透视，从其历史形成、文学观、创作与批评诸方面对京派文学的全般面貌作了详细的论述。在这一时期的诸多研究成果中，"京派"与"海派"的比较研究是值得注意的。由于二十世纪三十年代的"京海"论争在京派的确立上具有重要的转折作用，许多研究者倾向于用比较研究的方法对京派文学和海派文学进行审视，这方面最具代表性的成果是吴福辉的《京派海派小说比较研究》⑤和李俊国的《"京派""海派"文学比较研究论纲》⑥等论文以及杨义的专著《京派与海派比较研究》⑦。吴文

---

① 严家炎：《中国现代小说流派史》，人民文学出版社1989年版。
② 杨义：《中国现代小说史》，人民文学出版社2001年版。
③ 吴福辉：《京派小说选》，人民文学出版社1990年版。
④ 许道明：《京派文学的世界》，复旦大学出版社1994年版。
⑤ 吴福辉：《京派海派小说比较研究》，《学术月刊》1987年第7期。
⑥ 李俊国：《"京派""海派"文学比较研究论纲》，《学术月刊》1988年第9期。
⑦ 杨义：《京派与海派比较研究》，太白文艺出版社1994年版。

从京派、海派小说各自形成的文化背景入手，层层剖析了由城乡两类文化所衍生的小说风貌。李文则从地域文化的视角考察了京派与海派由于不同的文化形态所形成的文学分野，以"同情之了解"的历史态度辨析了所谓的"上海气"与"北平风度"。杨著同样从地域文化的视角出发，论述了京派与海派不同的文化因缘以及由此导致的不同的文学审美形态。这种比较研究的贡献在于为京派文学研究建立起一个参照系的同时，较为显著地凸显了京派文学在参与二十世纪三十年代文学史格局建构中所具有的特异性。

二十世纪九十年代中后期以来，京派研究在前人研究的基础上向纵深处开掘。一方面，对京派文学世界的言说被赋予新的理论高度。比如刘进才的《京派小说诗学研究》[1]虽着眼于京派小说，但已越出前一时期京派小说研究所着力的京派小说艺术世界的剖析，而倾向于对京派小说诗学体系的建构，更具有理论张力。黄键的《京派文学批评研究》[2]对京派文学批评作通盘考察，在京派批评家个案研究的基础上对京派文学批评作出高度的理论概括，突破了前一时期京派文学批评研究的浑融状态（即主要着重于京派文学批评观的辨析）。另一方面，京派文学外的"世界"受到关注，比如高恒文的《京派文人：学院派的风采》[3]以对史料的翔实掌握和运用，着重于京派文人作为现代知识分子群体形成历史的详细考察，彰显了京派文人在中国现代文化（文学）史上的精神特征和意义，从而显示出京派研究内容的新开拓。此时期最能显示京派研究趋向深入的标志是一些研究者纷纷从文化的视角切入研究，在一定意义上开创了京派研究的新境界。这种文化视角大致有三种类型。一是地域文化的视角，代表成果是杨义的《京派海派综论》。其实从地域文化视角展开京派研究在前一时期吴福辉、李俊国、杨义等进行京派与海派比较研究时就已采用，而杨义的

---

① 刘进才：《京派小说诗学研究》，河南大学出版社2005年版。

② 黄键：《京派文学批评研究》，上海三联书店2002年版。

③ 高恒文：《京派文人：学院派的风采》，上海教育出版社2000年版。

《京派海派综论》①基本上也是对《京派与海派比较研究》的扩充、完善与修订，其主要观点及研究方法并无不同。但与《京派与海派比较研究》相比较，《京派海派综论》更着重于对京派与海派文化因缘和审美动态的探讨，在研究视角和方法意识上更为自觉。二是政治文化的视角，代表成果是朱晓进的《政治文化与中国二十世纪三十年代文学》②（《"远离政治"：一种针对"政治"的姿态——论30年代"京派"等作家群体的政治倾向》③）。朱晓进在论及京派时，一改研究界常论及的京派疏离政治的观点，认为京派作家并未摆脱与政治的干系，其言论与创作都时有极强的政治意识的显露，并认为在二十世纪三十年代的特殊政治化语境中，京派避免不了文学发展在总体上具有的政治化趋向。三是现代文化的视角，代表成果是周仁政的《京派文学与现代文化》④。在现代文化的视角下，周著主要考察了京派文学与现代文化的关系以及京派文学所具有的现代文化品格，如审美理想主义的现代知识理念，对传统文化的理性主义态度等，并在此基础上提出了作为现代知识分子文化生态的"京派文化"概念。从文化的视角展开京派研究之所以显示出研究深入的趋向，在于它把京派文学的内容研究与外部研究相互打通，避免了纯文学研究的狭小格局，从而使京派研究走向开阔、博大之境。

综观三十年来的京派文学研究，成果丰厚，但也存在一些不足。比如对京派作家的研究多集中在京派中坚作家，而对京派文学的概括也往往以一两个中坚作家的作品的特征为例来展开论述，具有以偏概全的缺陷。同时，即使在对京派中坚作家进行研究时往往也带有这种现象，如对李健吾的研究更多关注的只是他的文学批评，而对其小说、戏剧创作的研究明显

---

① 杨义：《京派海派综论》，中国社会科学出版社2003年版。

② 朱晓进：《政治文化与中国二十世纪三十年代文学》，人民出版社2006年版。

③ 朱晓进：《"远离政治"：一种针对"政治"的姿态——论30年代"京派"等作家群体的政治倾向》，《南京师大学报》（社会科学版）2000年第2期。

④ 周仁政：《京派文学与现代文化》，湖南师范大学出版社2002年版。

不足。再如对于京派作家的各种文体创作，小说研究成果最为丰厚，而诗歌、散文、戏剧等文体的研究比较薄弱。而在小说研究上也往往顾此失彼，普遍重视小说创作研究，对京派小说理论研究则相对忽视。另外，从文化视角展开的京派研究，固然开拓了京派研究的新境界，但不可避免地也存在着文化视角给京派研究所带来的一些大而无当的现象。凡此种种，表明京派文学仍具有较大的研究空间。

与以上诸种不足相比，京派文学思想研究尤其薄弱。这主要表现为京派文学思想研究多散布在京派创作和批评研究之中，往往成为其创作和批评研究的"附属"，对之进行系统研究的成果欠缺，尤其是至今还没有这方面的专书研究。如果仅从论述文字的分量上考量，关于京派文学思想的阐述显然"相当可观"，可见于多种京派研究的著作、论文以及各种各样的"文学史"著作中。但事实上，京派文学思想研究一直是一盘散沙，不成体系，只是星星之火，远没有达到燎原之势。

首先我们承认，关于京派文学的研究成果都或多或少参与了对京派文学思想的思考和建构。比如就京派文学批评研究来说，李俊国在《三十年代"京派"文学批评观》①一文中即把京派文学批评观作为建构京派文学思想的一个重要内容，认为京派作家的文学批评"既是自己创作实践的理论总结，又是三十年代'京派'文学思想的集中表述"。除李俊国外，刘峰杰的《论京派批评观》②，温儒敏的《中国现代文学批评史》③对周作人、李健吾、朱光潜、沈从文、梁宗岱、李长之诸家批评的论述，以及黄键的《京派文学批评研究》等京派文学批评的研究成果都可以说为京派文学思想研究提供了具有创见性的启发；另外，特别是对京派具体作家思想或文学思想的研究，比如哈迎飞的《半是儒家半释

---

① 李俊国：《三十年代"京派"文学批评观》，《中国现代文学研究丛刊》1987年第2期。

② 刘峰杰：《论京派批评观》，《文学评论》1994年第4期。

③ 温儒敏：《中国现代文学批评史》，北京大学出版社1993年版。

家——周作人思想研究》①和谢锡文的《边缘视域 人文问思——废名思想论》②中分别涉及的周作人和废名文学思想的内容，以及康长福的《沈从文文学理想研究》③和王岩石的《废名文学思想研究》④等在一定意义上也为京派文学思想研究提供了较为丰富的个性化内容。但总体上看，京派文学思想研究的内容显得比较疏散，不成体系。京派作为一个文学流派，其文学思想既不等同于具体的京派作家文学思想，也不会仅仅只牵涉或是创作、或是批评的某一方面的文学思想，更不是其成员文学思想的简单之"和"，它本身应该是一个完整体，体现出流派的思想底色。因此对于京派文学思想研究，我们一定要考虑到京派文学思想内容对整个流派的辐射性。

在专文论及京派文学思想方面，李俊国的《三十年代"京派"文学思想辨析》⑤是最早（1988年）对京派文学思想试图作整体观照的论文。该文在文学流派的基础上对京派作家群体的文学态度、文学功利观、美学意识等作了认真的辨析。李俊国认为"'京派'作家一方面表现出对文学政治色彩的超然与反感，一方面又以新文学介入民族前途的建设和'人生观再造'的文学使命感"，因此在文学表现上"不是以政治的、阶级的斗争形式和内容来实现，而是以道德的美学的途径来实现"，在美学意识上他们则奉行"节制"、追求"和谐"。李文的最大贡献在于对京派文学思想研究具有开拓之功。此后关于京派文学思想的阐述（主要分布在"文学史论"等著作中）基本上延续着李文的思路和框架，无论在研究广度还是在研究深度上都未有明显的突破。但李文的局限也是明显的，未能对京派文学思想做出更加全面的观照，不能建构京

---

① 哈迎飞:《半是儒家半释家——周作人思想研究》，人民文学出版社2007年版。
② 谢锡文:《边缘视域 人文问思——废名思想论》，山东大学博士论文，2008年。
③ 康长福:《沈从文文学理想研究》，人民出版社2007年版。
④ 王岩石:《废名文学思想研究》，吉林大学博士论文，2010年。
⑤ 李俊国:《三十年代"京派"文学思想辨析》，《中国社会科学》1988年第1期。

派文学思想的完整体系。李文所建构的京派文学思想主要着眼京派文学的本体思想，而京派文学思想的整体性既应该内含京派作家对文学本体的思考，又应该包括他们在丰富的文学创作实践和批评实践中所形成的对文学创作和文学批评的理论概括，只有将这三者三位一体化，才能建构京派文学思想的合理内核。

鉴于京派文学思想研究的现状，本书试图在对京派文学思想作整体观照的基础上，突破京派文学思想研究的粗放和疏散现状，将分别从京派文学思想本体、京派文学创作思想主体、京派文学批评思想主体等方面对京派文学思想作体系性的建构。其中"本体"代表的是京派作家整体上对文学的本质和功能等认识，而"主体"强调的是将京派文学创作思想和文学批评思想置于独立主体审视的地位。与此同时，一方面通过对京派文学思想的溯源，展示京派文学思想形成的中西文学（文化）背景。另一方面，通过对京派文学思想发展过程的考察，努力呈现京派文学思想"恒中有变"的动态发展趋向。京派尽管在二十世纪三十年代走向鼎盛，但其本身的历史不能脱离中国现代历史，以抗战全面爆发和胜利为分界点，京派就经历了战前、战时和战后三个时期。在不同的时期，京派文学思想既有其稳定性，又有其变动性，因此只有对这一过程作完整地考察，才能更清楚地发现京派文学思想的全景图貌。以上所述，基本上构成了本书的写作架构。

本书意欲在以下两个方面有所创新。一是对京派研究的局部突破。京派研究虽然成果丰厚，但研究内容主要是围绕京派文学创作和文学批评实绩展开，进而以此对京派在二十世纪中国文学史上的地位、价值作出估定。但这种研究和评价往往也会招致对京派认识的不全面。比如战后，京派作家的文学创作呈锐减势头，如果立足于创作实绩，京派在此时期似乎无所建树；但事实上，京派在战后初期仍然保持着旺盛的势头，其中《文学杂志》的复刊以及京津各大报纸副刊基本上被京派成员所占据就是最明显的表征，^①他们围绕报纸副刊及杂志所展开一系列的"文化建国"或"文学建国"的理论探讨，成为京派在此时期最主要的文学实绩。这样，如果仅仅从文学创作出发，对京派的文学史地位和价值就不能作出全面和完整的评价，从而也遮蔽了我们对于京派的认识。而从文学思想的角度研究京派，在兼顾创作和批评的情况下，却能够更完整地把握京派，并可能作出更为全面合理的评价。二是对京派文学思想研究的整体突破。如上所述，京派文学思想的论述多散布在京派文学创作和文学批评研究之中，显得极为疏散，不成体系。本书的重点就是打破以往京派文学思想研究的疏散状况，在对京派文学思想整体观照的基础上，对京派成员丰富的个体文学思想认真辨析，最终厘析出能彰显京派流派底色的文学思想内容，并对此进行体系性建构，力图呈现京派文学思想的完整性。

本书在研究视角上将坚持文学性的立场，在研究方法上注重将京派文学思想与其创作实践和批评实践结合起来，使得京派文学思想的研究不至于无所依附而悬空。选择文学性的研究视角，主要基于两点考虑：一是在中国现代文学诸多社团流派中，前期创造社、新月派和京派是最讲求文学性的流派群体。但前期创造社的文学主张就有着不纯粹性，这也导致了它后期的转向；而新月派在后期也显示了"主文"（以徐志摩为代表）和"主政"（以胡适为代表）的分野；与之比较，只有京派较为彻底地坚守了文学的文学性立场。因此选择文学性的研究视角比较符合京派的实际。二是中国现代文学研究一度因为历史语境的影响，长期被"政治性"所笼罩，而进入二十一世纪以后，又被"现代性"闹得沸沸扬扬，而作为文学

---

① 《文学杂志》于1947年复刊。同一时期，平津各大报纸的文艺副刊，如《大公报·星期文艺》《大公报·文艺》《益世报·文学周刊》《益世报·诗与文》《华北日报·文学》《平民日报·星期艺文》《民国日报·文艺》《经世日报·文艺周刊》《北平时报·文园》《新生报·语言与文学》等，在朱光潜、沈从文、杨振声、李长之、朱自清等主持下相继复刊或创办，京派作家几乎全面掌握了平津地区的文学阵地。

研究最应坚守的文学性立场似乎成为一个遥远的背影。坚守文学性立场就是坚守文学的立场，诚如吴晓东所说，文学性是"一个值得我们倾注激情和眷顾的范畴，它是与人类生存的本体域紧紧相连的，或者说，它就是人类的经验存在和人性本身的体现。从这个意义上说，坚守文学性的立场是文学研究者言说世界、直面生存困境的基本方式，也是无法替代的方式"。①本书的写作虽然不直接讨论文学性的相关问题，但会始终把它作为整个行文的一个或远或近的背景。而作为本书的研究对象——京派，在二十世纪四十年代所遭遇的分化和终结命运，在一定意义上何尝不是它坚守文学性立场所导致的终极生存困境呢？

---

① 吴晓东：《文学的诗性之灯·序》，上海书店出版社2010年版，第2页。

第一章　京派及其京派文学思想探源

第一节　关于"京派"

　　京派作为一个流派的文学史实早已被学界所认定，但围绕京派概念却一直有众说纷纭的地方，其中诸如关于京派的起讫时间问题、流派成员的确定问题以及它与"北京"的关系问题尤其显得突出。京派作为一文学流派，不具有现代文学史上典型文学流派的形态，它没有社团组织，流派成员也不曾发表共同的宣言和纲领，其形式是极其松散的。京派的这一特征和属性使人们将其归入文学流派时往往加以一定的限定，趋向于将其视为并非严密意义上的文学流派。京派作为文学流派的"并非严密"，固然是上述特征和属性使然，但在这些表象的背后，似乎还应该有个重要的原因，这就是"京派"作为一个流派，它在中国现代文学史上的出现从其发生学上来讲，并不是自发生成的，它在很大程度上是因受社会接受影响而出现的一个流派。

　　"京派"这一说法在现代文坛出现是由二十世纪三十年代发生的一场"京海"论争所引发的。1933 年，沈从文发表《文学者的态度》一文，指责作家的"玩票白相"，文章本意是从"道德上与文化上的卫生"①观点出发，主张扫除这存在于文坛上的恶习气，倡导一种严肃健康的文学态度。但文章发表后，受到上海文人苏汶的指责，沈从文作《论"海派"》予以回答，由此引发一场声势浩大的"京海"论争。在论争过程中，包括鲁迅在内的众多左翼作家都参与其中，对于文坛上"京派"和"海派"的认定及其属性特点发表了一系列的意见，其中因鲁迅在文坛上的巨大影响，其意见显得尤为重要。鲁迅在文章中指出："所谓'京派'与'海派'，本不指作者的本籍而言，所指的乃是一群人所聚的地域，故'京派'非皆北平人，'海派'亦非指上海人。"同时，他对"京海"两派各打五十大板，"北京是明清的帝都，上海乃各国之租界，帝都多官，租界多商，所以文人之在京者近官，没海者近商，近官者在使官得名，近商者在使商获利，而自己也赖以糊口。要而言之，不过'京派'是官的帮闲，'海派'则是商的帮忙而已。"②鲁迅从作家的聚集地对"京海"两派的认定是客观的，但对两派的文化属性的看法在当时的历史语境中应该也是有策略性的，对其中偏颇这里不作判断，我们还是来叙述事实。在论争过程中，作为被论争一方加以指认的京派作家除沈从文外，并没有其他人参与进来，而即使是沈从文也很快表示了自己对论争的厌恶和失望之情，一年后他作《关于"海派"》一文，说论争文章皆离开其本意，表达了自己结束论争之意。在这场颇为热闹的文坛论争中，我们可以明确地看到，作为"京派"这一称谓是参与论争的一方冠加给沈从文等人的，作为被人目认为"京派作家"的这一群人并不存在这样的自觉意识，所以作为一个群体，他们在一开始就是在社会接受层面上被人加以指认的。这在后来朱光潜对沈从文的评论文章

①沈从文：《关于"海派"》，《沈从文全集》第17卷，北岳文艺出版社2002年版，第59页。
②鲁迅：《"京派"与"海派"》，《鲁迅全集》第5卷，人民文学出版社1981年版，第432页。

中我们也可以得到进一步的确认。据朱光潜回忆，当时"他编《大公报·文艺副刊》，我编商务印书馆的《文学杂志》，把北京的一些文人纠集在一起，占据了这两个文学阵地，因此博得了所谓'京派文人'的称呼。"①这里的所谓"博得""'京派文人'的称呼"显然也是出于人们的社会接受心态而起的结果。由于"京派"这一概念在其发生源上就是因社会接受而起，由此对其言说也就出现了人言人殊的现象，并且这一现象也潜在地影响了后来研究者们的一些思维去向。

现在我们结合相关的研究成果来回答开头所提到的几个问题。一是关于京派的起讫时间。关于京派的起点，现在基本有共同一致的认识，即它产生于二十世纪二十年代末，是一个因新文学中心南下而继续留居北平的作家所聚集的群体，他们以《骆驼草》《水星》等刊物为阵地，代表人物主要是周作人、废名等人。但对于京派的终结时间却有着不同的看法，有认为它止于抗战时期的，也有认为它止于建国前夕的。其中对于京派止于抗战时期的说法，我们认为是经不起文学史实检验的。在抗战时期，京派作家虽风流云散，但是他们的文学实践仍在继续展开，他们在战前所播下的文学理想在一些文学青年身上也在继续茁壮成长，另外还有一点就是京派作家在战时的文学思考和积累在战后表现出了重新勃发和振兴的势头，这些史实均表明京派在抗战时期仍然顽强地存在着，它不过只是因战争暂时地由相对集中的群体走向疏散而已。京派的终结应该是在建国前夕，其时因社会政治形势的急剧变化，新的社会形态已招手可及，由此而导致的新的文学运动和文学体制的出现，使京派作家所持有的文学理想已经无所适从，此时的京派才真正地走到了历史的十字路口。

其次是对于京派作家的确定问题，这其中也涉及京派与"京"的关系问题。与对京派起讫时间的看法相比，在这个问题上更显得众声喧哗，很多研究者都试图给京派开出一份具体的成员名单，但他们所提交的名单，

---

① 朱光潜：《从沈从文先生的人格看他的文艺风格》，《花城》1980年第5期。

彼此之间又都存在一些出入。严家炎在《中国现代小说流派史》中针对文学史家司马长风在其《中国新文学史》中所列出的京派成员名单，认为他把在北平或不在北平凡是与北平作家交往密切的都算在内的做法实属"荒唐"，由此提出了研究京派要反对两种倾向，一是不要不承认存在这个文学流派的事实，二是不要随意夸大京派作家的队伍，毫无根据地罗列京派作家名单。①当然，严家炎也给出了一份名单，他认为京派成员主要有三部分人组成，一是二十世纪二十年代末期语丝社分化后留下的偏重讲性灵趣味的作家，二是新月社留下的或与《新月》月刊关系较密切的一部分作家，三是当时清华、北大和燕京等高校的师生，这其中包括了一些当时开始崭露头角的文学青年。②严家炎着眼于京派形成的文坛因缘和历史发展，所列京派成员基本上是合理的，但是他把梁实秋、孙大雨等新月派作家包括在内，也不是没有商榷的地方。在关于京派研究的早期成果中，也许更值得我们关注的一份京派作家名单应该是吴福辉在《京派小说选·前言》中所提供的。他以《大公报·文艺副刊》和《文学杂志》周围聚集的作家为主来加以认定，其中有小说和散文家沈从文、废名、芦焚、萧乾、林徽因、凌叔华、汪曾祺、何其芳和李广田；诗人有冯至、卞之琳、林庚、何其芳、林徽因、孙毓堂、梁宗岱；戏剧家有李健吾；理论家有刘西渭、朱光潜、周作人、梁宗岱和李长之等。③吴福辉对京派持狭义的观点，以京派的主要文学刊物为阵地来确定京派成员，所列成员基本形成了我们对京派作家阵容的认识，但这份名单也不是没有缺憾，因为他忽略了京派主将杨振声在其中的位置。由上可见，在这些关于京派的早期研究成果中，研究者们所确定的京派成员名单都有不完美之处，但它们的意义显然是重要的，它们为我们进一步认识和纯化京派作家队伍提供了重要的帮助。

---

① 严家炎：《中国现代小说流派史》，人民文学出版社1989年版，第210–211页。
② 严家炎：《中国现代小说流派史》，人民文学出版社1989年版，第205页。
③ 吴福辉：《京派小说选·前言》，人民文学出版社1990年版，第92页。

以上这些众说纷纭意见的出现，除我们已经提到的"京派"概念在发生源上因社会接受所带来的人言人殊现象的潜在影响之外，毋庸置疑的是，在对"京派"概念的界定中，特别是对其成员的确认，也存在将"京派"和"京派文人"以及"京味"等概念混同的现象。因此厘析"京派"与它们之间的联系和区别，对于我们正确认识"京派"概念也是非常必要的。

所谓"京派文人"只是社会接受层对京派作家的一个泛称，并不意味"京派文人"就等同于京派作家。从宽泛意义上讲，在京派产生的年代，当时身处北京的文化界人士都可称为"京派文人"。从京派形成的文坛因缘来说，京派一些作家与新月派联系密切，身居北京的新月派诸公自然属于"京派文人"，但他们并非"京派"中人。而就京派在二十世纪三十年代所参与其中的两个文艺"沙龙"来讲，参与"沙龙"的人都可视为"京派文人"。一是林徽因家"太太的客厅"里经常出入的客人，他们多是一些留学欧美的文人和学者；再是朱光潜家的"读诗会"，据沈从文的回忆，当时参加朱光潜家读诗会的人实在不少，"北大计有梁宗岱、冯至、孙大雨、罗念生、周作人、叶公超、废名、卞之琳、何其芳、徐芳……诸先生，清华计有朱自清、俞平伯、王了一、李健吾、林庚、曹葆华诸先生，此外还有林徽因女士、周煦良先生等等。"①这些人都是当之无愧的"京派文人"，但我们并不能把他们全都纳入到"京派"的阵营中来。因此在界定"京派"和确认京派成员时，我们不能仅仅从其文坛因缘以及与之联系密切的作家来加以确定。"京派"之命名显示出它与"京"的密切关系，但之所以如此，主要是针对这一派作家的聚集地而言，并不意味着他们的文学就植根于北京的地域文化。京派作家久居北京，虽然被其雍容典雅的古都文化和清通开放的学院文化所浸染陶冶，但是他们的文学创作却是深植在作家各自的地域文化之中，进而构成了京派文学的文化地域特

---

① 沈从文：《谈朗诵诗》，《沈从文全集》第17卷，北岳文艺出版社2002年版，第247页。

色。而"京味"主要指的是作家创作所体现出的北京地域文化风格,它包括北京特有的自然地理景观、民俗文化景观以及语言特色等,在中国现代作家中,老舍堪称是"京味"风格的杰出代表。这样,对于"京派"与"京味",我们就不能简单地在其之间画上等号,不能将凡是与"京"沾边的作家都划入京派作家的队伍中来。

厘析"京派"与"京派文人"以及"京味"的联系和区别,一方面在于强调京派在其形成过程中所有的文坛因缘以及它与北京的地域联系,另一方面更为重要的是避免在对"京派"认识时将其无限扩大化的倾向。而以往一些研究成果中将新月派一些作家(如梁实秋),甚至一些具有"京味"风格的作家(如老舍)都划入京派作家阵营,在一定程度上正是由于混淆了以上概念之间的区别所造成的。

如上所述,京派是因"京海"论争在社会接受层面上所形成的一个概念,那么这场论争对于京派的确立就有着重要的分水岭作用。如果说论争之前,京派作家尚没有形成流派的自觉意识,那么论争之后,京派作家却显示出自身的独立存在和雄视文坛的气势,真正实现了从"无名有实"到"有名有实"的过渡。此时,他们不仅拥有了自己的文艺阵地(如《大公报·文艺副刊》和《文学杂志》),同时还发起组织《大公报》文艺奖金评选,编选《大公报·文艺丛刊小说选》等活动,进一步扩大了他们在文坛上的影响,这时的京派实际上已经具备了作为一个文学流派的基本形态和特征,并且他们也以自身的文学实绩成为二十世纪三十年代文坛上的一极重要力量。但京派终究又是一个组织形式松散的流派,对此,我们的意见是,对于京派的认识,文坛因缘、刊物阵地以及它与"京"的关系等因素固然重要,但最为根本的还是要着眼于其文学思想和艺术主张,京派之所以为派,在于京派作家文学思想和艺术主张的相同或相近,他们正是以此才聚集纽结在一起的。

第二节　京派文学思想探源

　　京派在其自身的发展过程中，形成了较为完备的文学思想内容体系。从具体内容上来讲，既有属于文学本体层面上的强调"自由乃文艺的本性"的文学自由思想、追求"趣味在生活里"的文学趣味思想和主张以美和爱实施情感教育的文学功用思想，又有他们在丰富的文学创作实践和批评实践中所形成的文学创作观和文学批评观。其中前者内在地规范和影响了后者，而后者也在具体的层面印证和充实着前者，两者之间联系紧密，互相构成了一个有机的整体。京派文学思想并非无源之水和无本之木，追根溯源，它的形成与京派作家在中西文化、中西文艺经典和"五四"新文学传统中汲取的文学精神资源是有密切关联的。

　　首先是中西文化的精神孕育。

　　京派作家寝馈于东西方文化，体现出一种学贯中西的文化姿态和风范。在中国文化的一面，传统的儒释道文化都对京派作家产生了重大影响，尽管它们在具体作家身上的体现有所不同。周作人自称自己"半是儒家半释家"；言及思想，他"确信是儒家的正宗"；①而在中国古人中，他说自己最喜欢的是诸葛孔明和陶潜，喜诸葛在于他"知其不可为而为之"的儒家精神，喜陶则在于其"衣沾不足惜，但使愿无违"的生活态度。②因此儒释道三家文化是浑融于周作人身上的。朱光潜则言自己"接受了一部分道家的影响"，同时又表明自己"接受的中国传统主要的不是道家而

---

　　① 周作人：《药味集·序》，张明高、范桥编：《周作人散文》第2集，中国广播电视出版社1992年版，第62页。

　　② 周作人：《苦茶随笔小引》，张明高、范桥编：《周作人散文》第2集，中国广播电视出版社1992年版，第30页。

是儒家"。[①]废名生在禅宗五祖弘法宝地,自幼就受禅文化熏陶,后又研读大量佛教经典,禅宗文化可谓已深入其骨髓。沈从文虽未在理性层面接受道家文化影响,但他源自自然的生命体验却又与道家思想高度叠合。如此等等,无须再作举例,无论是从京派作家自述还是从其创作,我们都可感受他们深受传统文化的巨大影响。在这些传统文化中,儒家主张积极入世,道家崇尚自由,释家则强调出世,应该说,它们各自对作家文学创作的影响不是同质的。其中,受儒家思想影响较深的作家入世思想也深,他们具有强烈的社会责任感和义务感,在文学上主张为现实和政治写作,注重道德人格的完善和社会伦理价值的实现;受庄禅思想影响较深的作家则强调生命个体的存在意义和自我内在心灵的自由,由此在文学上追求自我个性的抒发和主体精神超然于物我之上的境界。京派作家总体上受儒释道三家文化的影响,但他们对庄禅思想似乎有所偏重,这样就内在地形成了他们"以出世的精神做入世的事业"[②]的文学精神情怀,这反映到他们文学思想的整体层次,其文学自由思想、无为不为的文学功用观以及对人性和民族的关怀意识等就都可在中国传统文化中找到源头。

在西方文化系统中,古希腊文化和近代自由主义文化对京派文学思想的形成有着重要的影响。京派作家大都推崇希腊文明,在他们身上表现出一种很深的"古希腊情结"。周作人的希腊研究众所皆知,他认为希腊文明乃西方文化之基础,在《过去的工作》一文中周作人曾这样说道:"大家谈及西方文明,无论是骂是捧,大抵只凭工业革命以后的欧美一两国的现状以立论,总不免是笼统,为得明了真相起见,对于普通称为文明之源的古希腊非详细考察不可,况且他的文学哲学自有其独特的价值,据愚见说来,其思想更有与中国很相接近的地方,总是值得萤

---

① 朱光潜:《答郑树森博士的访问》,《朱光潜全集》第10卷,安徽教育出版社1993年版,第648页。

② 朱光潜:《悼夏孟刚》,《朱光潜全集》第1卷,安徽教育出版社1987年版,第73页。

雪十载去钻研他的。"①朱光潜则极力标举古希腊艺术"和平静穆"的境界，并把"静穆"视为艺术的最高理想和境界。他说："古希腊——尤其是古希腊的造型艺术——常使我们觉到这种'静穆'的风味。'静穆'是一种豁然大悟，得到皈依的心情。它好比低眉默想的观音大士，超一切忧喜，同时你也可以说它泯化一切忧喜。"对于"古希腊人何以把和平静穆看作诗的极境"，在他看来，是因为"就诗人之所以为诗人而论，热烈的欢喜或热烈的愁苦经过诗表现出来以后，都好比黄酒经过长久年代的储藏，失去它的辣性，只剩一味醇朴。"所以"懂得这个道理，我们可以明白古希腊人何以把和平静穆看作诗的极境。"②作家沈从文则自报家门，声称自己"只想造希腊小庙。选山地作基础，用坚硬石头堆砌它。精致，结实，匀称。形体虽小而不纤巧，是我理想的建筑。这神庙供奉的是'人性'"。③京派作家很善于把握希腊文化的精神实质，周作人将其概括为"一是现世主义，二是爱美的精神"。④朱光潜将其看成是"思想的自由生发"和"爱知"。⑤批评家李长之则将希腊文化精髓视为"人文主义"，认为"希腊古代文化之最内在，最永久的部分，这就是人性之调和，自然与理性之合而为一，精神与肉体之应当并重，善在美之中，每个人应当是各方面的完人等"。⑥如此看来，古希腊文化至少对京派独特的人的文学观的生成、以美和爱实施情感教育的文

---

① 周作人：《过去的工作》，钟叔河编：《周作人文类编》⑨，湖南文艺出版社1998年版，第602-603页。

② 朱光潜：《说"曲终人不见，江上数峰青"》，《朱光潜全集》第8卷，安徽教育出版社1993年版，第396页。

③ 沈从文：《习作选集代序》，《沈从文全集》第9卷，北岳文艺出版社2002年版，第2页。

④ 周作人：《希腊闲话》，钟叔河编：《周作人文类编》⑧，湖南文艺出版社1998年版，第61页。

⑤ 朱光潜：《苏格拉底在中国（对话）——谈中国民族性和中国文化的弱点》，《朱光潜文集》第9卷，安徽教育出版社1993年版，第284页。。

⑥ 李长之：《迎中国的文艺复兴·自序》，商务印书馆1946年版，第14页。

学功利思想以及和谐恰当的文学审美意识的产生等都有着重要的影响。西方自由主义文化在"五四"时期就已输入中国，其在社会伦理上所主张的个人本位和个性自由、社会政治上所主张的民主和法制、社会历史观上的社会向善等思想对中国知识分子产生了重大影响。京派作家作为受"五四"影响的一代，先是在国内就已经打下很深的底子，后又因他们多数人游历欧美的经历，在西方社会又身体力行了一遍，自由主义思想可谓深入他们的精神灵魂。京派是现代自由主义作家群体的典型代表，西方自由主义文化对其自由主义文学思想的形成起着最为直接的作用，同时，西方自由主义文化所拥有的开放精神，在一定层面上对他们广博纯正的文学趣味思想的生成也有着潜在的影响。

其次是中西文艺经典的熏染陶铸。

京派作家对中西文艺的接受是极其广阔的，他们在接受中所建立起来的文艺精神系统对京派文学思想的形成也产生了重要影响。对于中国传统文学，京派作家比较看重《论语》、《庄子》、六朝文章、晚唐诗、南宋词和晚明小品等经典作品，这些作品散淡唯美，偏重作家个人性情的真实流露。对于西方文学，京派作家尽管也追慕新潮，放眼西方现代主义，但他们接受更多的还是属于西方前现代主义的一些经典作家的作品，比如古希腊文学、莎士比亚、哈代、卢梭、曼殊斐尔、福楼拜、屠格涅夫和契诃夫等，这些作家作品清雅高贵，具有某种超越时代性的"精美"和"精华"。而这些作品，无论中西都切合着京派作家学院派的审美精神品格，因此对于京派所具有的现代审美主义的文学理想和注重个性抒发的自由主义文学思想，我们在这些中西文学经典中都可找到些许蛛丝马迹。另外，京派作家对中西文学广收博采，不依傍于一家门户，从容出入于古典派、浪漫派和现代派作品之间，其间所表现出的文学审美理想的宽容和纯粹，对促成他们纯正广博的文学趣味观的形成自然也发挥了重要的作用。除文学作品外，西方文艺理论所散发的文艺思想更是为京派文学思想的形成提供了重要的理论资源，这其中有克罗齐

的"审美直觉说"，布洛的"距离说"，立普斯的"移情说"，谷鲁斯的
"内模仿说"，法郎士的"印象式批评"，艾略特的"创造式批评"，法国
的象征主义诗学理论，等等。比如朱光潜就是在以克罗齐为代表的近代
美学基础上建构起自己的"审美直觉说""距离说"等理论，从而在审
美心理学上为京派文学奠定了思想基础；而京派文学批评家大都推崇法
郎士的"印象式批评"，这样他们的文学批评思想自然也就打上了"印
象式批评"的一些印记。

再次是"五四"新文学传统的传承。

将"五四"新文学的上限确定在晚清时期的1898年，这一观点已得到学
界的认可，由此当我们在"五四"新文学传统中追寻京派文学思想的源头时
也须从此开始。在晚清的文学运动中，最具有影响的文学思想，一是梁启超
的文学启蒙思想，强调文学的新民启蒙作用；二是王国维的纯文学思想，强
调文学的审美作用。应该说这两种思想都构成了京派文学思想的源头。其中
梁的文学启蒙思想经过"五四"时期的发扬，实已构成"五四"新文学的主
要思潮之一，而京派作家在文学创作中所寄寓的"人的重造"和"民族品德
重造"思想正是循着"五四"的启蒙主义思想而来。京派作家对文学本体的
思考则更接近王国维的纯文学思想。王国维从审美的角度阐述了自己对文学
本质的看法。他说："美之性质，一言以蔽之，曰：可爱玩而不可利用者是
已。虽物之美者，有时亦足供吾人之利用，但人之视为美时，决不计及其可
利用之点。其性质如是，故其价值亦存于美之自身，而不存乎其外。"[①]他由
美的性质导出文学的性质，由此强调了文学的超功利性。因此，无论就京派
整体上所坚持的审美主义文学理想还是局部所强调的"无为不为"的文学功
利思想都可在王国维这里找到源头。随着"五四"新文化运动和文学革命的
发生，西方各种思潮纷纷涌入，由此造成了"五四"文坛天真活泼的局面，
中国现代文学中的自由主义传统也由此开启，其后又因周作人提出"自己的

---

① 王国维：《古雅之在美学上之位置》，《王国维文学美学论著集》，北岳文艺出版
社1987年版，第37页。

园地"的文学观，强调文学的自主和独立意识，从而将自由主义文学传统落实在个性主义文学的实践中。从这一层面，我们分明感受到京派的文学自由思想与"五四"新文学传统的密切联系。对于"五四"时期新文学的理论建设，胡适曾说一是"活的文学"，二是"人的文学"。①"五四"造成了人的意识的觉醒，1918年，周作人发表《人的文学》，所提出的"人的文学"观更是激发了中国现代作家表现人的创作热情，在其后的社会运动和文学运动中，人的意识虽然有所分化，但"人的文学"一直是中国现代文学的基调。京派作家在文学创作上秉持"用人心人事作曲"②的理念，这一创作思想的源头自然也该定在"五四"。因此，我们完全有理由认定京派文学思想在一定层面上正是对"五四"新文学所开辟的传统的传承，它循着"五四"而来，或者更确切地说，是循着周作人而来。

最后需要说明的是，以上我们从中西文化、中西文艺经典和"五四"新文学传统三个方面分别追溯京派文学思想的源头，只是为了叙述的方便。京派文学思想作为一个完整的内容体系，它的形成在源头上来讲应该是以上三个方面交叉渗透、合力作用的结果。至于它的最终形成，更是京派作家群体在汲取中西文化、中西文艺经典和"五四"新文学传统三个方面的文学精神资源的基础上，以六经注我的方式，吸收转换创造，在丰富的文学理论和文学实践活动中才成为一个浑融的整体的。

①胡适：《新文学的建设理论》，蔡元培等：《中国新文学大系导论集》，上海良友复兴图书印刷公司1940年版，第35页。
②沈从文：《〈看虹摘星录〉后记》，《沈从文全集》第16卷，北岳文艺出版社2002年版，第343页。

第二章　京派文学思想的演进与发展

　　学界对于京派的发展分期问题，通常的看法是将其分为"前期京派"和"后期京派"两个阶段。前期主要是指以周作人、废名等人为代表所形成的早期集结，他们以《骆驼草》《水星》等刊物为阵地；后期则是以沈从文、朱光潜等为代表的那个具有"学院派"特征的文学群体，他们以《大公报·文艺副刊》和《文学杂志》等刊物为阵地聚集在一起，活跃在抗战前的三十年代和战后的四十年代。当然也还有更为详细的分期看法，将京派的发展分为四个阶段，其中二十年代末是京派的萌芽期，三十年代初是京派短暂的谋求发展期，1933—1937年是京派的鼎盛期，战后是京派进入尾声的时期。[①]以上分期总体上都符合京派的历史发展，但其中也存在盲点，就是大家都充分注意京派在战前和战后的发展，而对于京派在战时阶段的发展有所遮蔽。就京派文学思想的形成和发展而言，在不同的历史阶段其思想内核既有其恒定性，也有其变动性，呈现出一种"恒中有变"的动态发展趋向。本书对于京派的发展分期突破以往"前期京派"和"后期京派"的习惯看法，以抗战全面爆发为临界点，将京派的发展分为战前、战时和战后三个阶段，以便呈现京派文学思想"恒中有变"的动态发展趋向。战前，京派文学思想基本定型，京派作家在主张文学疏离政治

---

　　① 查振科：《对话时代的叙事话语——论京派文学》，春风文艺出版社2005年版，第8-10页。

和商业的总体倾向中所体现出来的重建文学价值尺度的努力，使京派文学思想呈现为审美乌托邦的图景，展示了京派已成为现代审美主义的代表。战时，京派文学思想在基本定型的形态下融入新的元素，京派作家对文学与民众关系的思考、在自我生命沉思中所展开的战争环境下"人的重造"和"民族重造"的热望以及对"力"的美学的肯定和追求，都使这一时期的京派文学思想呈现出一股浓厚的民族忧患意识。战后，京派表现出重新振兴的强大势头，积极展开了对"文学建国"理论的新思考。京派作家将文学创新和民族复兴紧密联系起来，希望通过文学革新造就"新国民"，推动"新时代"的到来，充分表达了他们"文学建国"的理想，但这一理想很快在急剧的政治形势变化下失落。京派文学思想在以上三个阶段"恒中有变"，但正是在这一动态的发展过程中逐步趋于成熟和完善。

第一节　战前：审美乌托邦

　　战前京派的发展实际上包含着两个阶段，一是二十年代末以周作人和废名等为代表的早期集结，二是三十年代以沈从文、朱光潜等为代表的所谓"后期京派"。对于这一时期的京派文学思想，总体上可以概括为两个方面：一是周作人由"自己的园地"文学观所建构起来的个性主义文学思想，周作人的这一自由主义文学思想的个人化实践对三十年代的京派作家有着巨大的影响，由此也确立了周作人与京派的深厚联系；其次是沈从文、朱光潜等作家在强调文学自律和规范中所建立起来的现代审美主义思想，它内在地包含着京派的文学自由思想、文学趣味思想、文学功利思想及其文学创作和文学批评等方面的思想。因此在这一阶段，京派文学思想可以说基本上趋于定型，京派也已经奠定其在现代文学史上作为现代审美主义代表的地位。而这一时期京派所构筑的文学思想，其中所体现出来的正是一幅审美乌托邦的文学图景。

所谓"乌托邦",在西方的现代美学理论中,它所指向的主要是艺术的自由或独立性原则,认为艺术是人类情感和心灵自由的体现,从而使其凌驾于现实原则之上。作为京派,无论就其展示的文学世界还是其理论思想,都充分具有这种乌托邦的特征。如上所述,战前的京派文学思想一是周作人所构建的个性主义文学思想。周作人自从提出"自己的园地"文学观后,文学思想发生转换,由主张"人的文学"到主张个人主义的文学,认为文学是自我个性的表现。他在对人生派文学和艺术派文学弊端的指陈中,指出"艺术是独立的,却也原来是人性的,所以既不必使他隔离人生,又不必使他服侍人生,只任他成为浑然的人生的艺术便好了。"①这种艺术即是"以个人为主人,表现情思而成艺术",并指出它"初不为福利他人而作,而他人接触这艺术,得到一种共鸣和感兴,使其精神生活充实而丰富",所以它具有"独立的艺术美和无形的功利"。②周作人在这里所表达的关于文学本质和功能的看法,都使文学在本体价值观念上脱离了实用主义的范畴,从而获得了审美自觉。周作人的这一思想对二十世纪三十年代的京派作家产生了重要的影响,他们在对文学本体的认识上是与周作人高度一致的。

在"京海"论争后,京派作为一个文学流派开始得以确立,而他们在论争中所强调的就是文学本身的自律和规范,维护文学的尊严。沈从文在其引发论争的《文学者的态度》一文中指责作家的"玩票白相"态度,大家都玩着文学,进而主张扫除这文坛恶习,倡导健康严肃的文学态度。而在此文之前,他就在《窄而霉斋闲话》中指出无论是以周作人、废名等为代表的老京派作家,还是海派作家、普罗作家和民族主义作家,其身上都

① 周作人:《自己的园地》,钟叔河编:《周作人文类编》③,湖南文艺出版社1998年版,第63页。

② 周作人:《自己的园地》,钟叔河编:《周作人文类编》③,湖南文艺出版社1998年版,第63-64页。

存在这种现象，他们在"自己所选定的方向上"玩着文学，因而文学在他们手上自然也就变成"玩具"。①因此，可以说二十世纪三十年代的京派在甫一登场时就维护着文学的健康与尊严，在他们的"严肃"文学观里，一方面要求作家以宗教般的虔诚态度对待文学事业，另一方面也要求作家明了自己的责任，自觉担负起社会和历史的使命。而他们也正是在这一文学自律中开始走向文学的审美建构之路的。

京派作家在对新文学运动发展历史的考察中发现，一是民国十五年后这个运动同上海结了缘，作品成为大老板商品之一种；二是民国十八年后，它又与国内政治不可分，成为在朝在野政策工具之一部。②这样虽然表面上很热闹，但实际上已显出堕落倾向。其原因就在于作家的创造力一面得迎合商人，另一面又得附会政党政策，其目的全集中在商业作用和政治效果两件事上，独独忘记了文学自身。因此京派主张文学远离政治，反对文学的商业化。同时，他们也对纯粹个人趣味主义的文学进行批评，认为其兴味和态度使人生文学失去了严肃，流入纯粹的个人消遣主义而缺乏担当意识。正是在对文学的政治化、商业化和纯粹个人主义趣味化的批评中，京派彰显出自身的审美主义思想，这也就是他们所坚持的自由主义文学思想、纯正的文学趣味思想和以美和爱来发挥文学情感教育的文学功利思想。

---

① 沈从文：《窄而霉斋闲话》，《沈从文全集》第17卷，北岳文艺出版社2002年版，第40页。

② 沈从文：《新的文学运动与新的文学观》，《沈从文全集》第12卷，北岳文艺出版社2002年版，第46页。

第二节　战时:忧患意识的勃兴

1937年抗战爆发,京派作家在战火中开始星散各地,其中以沈从文、杨振声等为代表的京派绝大部分主力聚集到昆明的西南联大,而废名、李健吾等则去了沦陷区,另外也有像二十世纪三十年代京派的年青一代如卞之琳、何其芳等则来到解放区延安。这些分散在不同政治区域的京派作家,因受特定政治区域政治和文化环境的影响,作为个体,彼此之间的文学思想变化是有很大不同的,但作为流派群体来看,其重要成员在变化中又见出某种一致性。在战争的背景下,京派作家共同对人的命运和民族的命运展开了深沉的思考,其文学思想与战前相比较,一股浓厚的民族忧患意识由此沉积。

面对异族暴力的入侵,京派作家首先对文学与民众的关系进行了新的思考,指出了新文学发展所应选取的道路。在抗战发生不久,朱光潜在《文学与民众》一文中即指出文学与一个民族生命力之间的密切关系,认为一个民族的生命力最直接流露于文学及一般艺术,所以文学与艺术是判断一个民族生命力强弱的最好标准之一。在这样的理论视点下,朱光潜提出了文学的"道路"问题。他说:"文学的大路是荷马和莎士比亚所走的路,是雅俗共赏,在全民族的深心中生着根的路。"而"文学的窄路是亚历山大时期希腊人和近代欧洲象征派所走的路,是李长吉和姜白石所走的路,是少数胃口过于精巧的文人所特嗜而不能普及于大众的路。"①朱光潜所指出的"文学的大路",尽管是针对新文学发展过程中文学的大众化解决得不好的现实问题,认为若想解决这一问题,使文学真正影响普及于民

① 朱光潜:《文学与民众》,《朱光潜全集》第9卷,安徽教育出版社1993年版,第16页。

众，除了民间文艺所指示的方向外，别无他路可走；但在抗战的时代背景下，他的这一"文学道路观"显然表明了以文学密切拥抱、普及民众，借以在民众中唤起民族热情的精神情怀。也正由于强调文学与民众的关系，在战时的环境中，京派作家对文学所应具有的美学意识也作了调整，开始大力倡导一种能体现民族精神的"力"的美学。在这一时期，京派批评家李健吾对左翼作家创作进行了热情评价，对其中所体现出的反抗的"力"的艺术特质予以高度礼赞。如他评叶紫的小说，着力挖掘其小说世界所展示的"力，赤裸裸的力，一种坚韧的生之力"[1]的艺术品质，而对于这种"力"的充分肯定，正是基于他认为在抗战时期，"没有比我们这个时代更其需要力的"[2]的认识。从而他对"力"的美学的张扬，其中所表征的正是萦绕于心头的那种对民族国家的忧患情绪。

如果说主张文学深入民众，唤起民众的民族热情和对"力"的美学的宣扬，在忧患意识的层次上显得有些外在的话，那么京派作家在战争时期，在自我的沉思中所展开的对人的生命的思考，则使这一忧患意识表现得更为深沉，他们在对自己民族精神自觉审视的基础上，追寻民族灵魂的重铸之路。战争时期的沈从文进入的则是这种生命的沉思状态，他这一时期写的《烛虚》《潜渊》《生命》和《长庚》等文章，近似自我的生命独语，跳跃性非常大，但把其联缀起来，其中贯穿着的"人的重造"和"民族重造"思想是非常突出的。这一方面使其战前就已经开始的这一文学理想全面走向成熟和完善，另一方面也因战争的时代环境，使其打上了浓厚的忧患意识的印记。

沈从文在战争中所见，诸如一些受教育的女子"生命无性格，生活无目的，生存无幻想"、人的"好斗"与"懒惰"、不知"怕"和"羞"、缺

———————————

① 李健吾：《叶紫的小说》，《咀华集·咀华二集》，复旦大学出版社2005年版，第129页。

② 李健吾：《叶紫的小说》，《咀华集·咀华二集》，复旦大学出版社2005年版，第127页。

乏"远虑"、街上"雄身而雌声"（即带女性的男子话语）等现象到处可见，这一切人事景象都让沈从文感到莫名的痛苦。由这些人事抽象，沈从文展开了对人的生活和生命、命运和意志等形态的思考。他说很多人都"知从'实在'上讨生活，或从'意义''名分'上讨生活"，他们对于"生命所需，惟对于现世之光影疯狂而已"，全不懂得生命的真正意义，而在他看来，"生命之最大意义，能用于对自然或人工巧妙完美而倾心，人之所同。"①而对于种族延续国家存亡，他认为"全在乎'意志'，并非东方传统信仰的'命运'"②，由此主张用意志来代替命运。这一切都使他最终走向以美和爱来对人进行重塑的道途。他说："然抽象的爱，亦可使人超生。爱国也需要生命，生命力充溢者方能爱国。至如阉寺性的人，实无所爱，对国家，貌作热诚，对事，马马虎虎，对人，毫无情感，对理想，异常吓怕。"③这里，沈从文在强调对人重造的同时，实际上也完成了对国家民族的重造，进而表达出只有修正民族精神的弱点，才能谈到真正的爱国、救国和建国。沈从文的这些来自于生命沉思中的思考与抗战文学中通常表现的个人和民族命运的亢奋状态（难免忽视个人）显然有所不同，但他立足于战争环境，始终将人的重塑和民族的重塑紧密联系起来，其中所体现出来的一个作家"超越习惯的心与眼"④，其深处正是那份对国家和民族的忧患意识。

---

① 沈从文：《潜渊》，《沈从文全集》第12卷，北岳文艺出版社2002年版，第31-32页。

② 沈从文：《长庚》，《沈从文全集》第12卷，北岳文艺出版社2002年版，第40页。

③ 沈从文：《生命》，《沈从文全集》第12卷，北岳文艺出版社2002年版，第43页。

④ 沈从文：《美与爱》，《沈从文全集》第17卷，北岳文艺出版社2002年版，第360页。

第三节　战后:"文学建国"的理想与失落

　　战后,京派主要成员重新聚集北平。1947年《文学杂志》复刊,与此同时,平津各大报纸的文艺副刊,如《大公报·星期文艺》《大公报·文艺》《益世报·文学周刊》《益世报·诗与文》《华北日报·文学》《平民日报·星期艺文》《民国日报·文艺》《经世日报·文艺周刊》《北平时报·文园》等,在朱光潜、沈从文、杨振声、李长之等主持下相继复刊或创办,京派作家几乎全面掌握了平津地区的文学阵地。因此在战后初期,京派便表现出重新振兴的强盛势头。但随着战争的结束,重新回到北平的京派作家,内心却有着一种复杂的情绪。沈从文曾讲到自己战后回到北平时的印象和情绪。一面是看到天安门高大壮伟的城楼和熟悉的蓝天白云,一时情感脆弱,眼睛潮湿,因为我们终于胜利了;但另一面又看到广场上整装待发的坦克车,内战一触即发,心情又顿时无比苦闷起来。①中国又再次笼罩在战争的阴影之中,战后京派的文学理想正是在这样的社会政治背景中展开的。

　　对于战后京派文学思想的发展,首先要提到的就是其文学自由思想的进一步深化。1947年,《文学杂志》复刊,朱光潜在卷头语中即表明态度仍与原刊一致,采取宽大、自由、严肃的态度,认为"文学上只有好坏之别,没有什么新旧左右之别"②。另又在《自由主义与文艺》里强调"自由是文艺的本性",对于自由与文艺的关系问题,认为"并不

————————

　　① 沈从文:《谈苦闷》,《沈从文全集》第16卷,北岳文艺出版社2002年版,第349页。

　　② 朱光潜:《〈文学杂志〉复刊卷头语》,《朱光潜全集》第9卷,安徽教育出版社1993年版,第242页。

在文艺应该或不应该自由，而在我们是否真正要文艺"①。萧乾在战后为《大公报》写的社评里也表述了自由主义者的立场，对于文艺问题，他认为文艺界要获得生机，就必须摆脱"集团主义"和"党派政治"的影响，应该使文坛由战场变成花圃，让"平民化的向日葵"和"贵族化的芝兰"并肩开放。②应该说，这些意见代表了京派作家主张文学自由思想的集体心声。而京派作家在战后积极展开的"文学建国"理想，总体上是受这一思想内在影响的。

面对战后现实与人们所期望的正相反的局面，杨振声最先表达了对战后文化及文艺的思考。他认为战后的现实是整个文化衰落的表现，大家现在都面临着死亡，因此责任应负在每一个人身上。而作为文艺界的分子，其责任就是要踏着死亡开辟出新路，"在旧文化的溃烂中培育出新蕾"，创出一种"新文化"。而从这种"新文化"，"将发育出一种新人生观，从新人生观造成我们的新国民"，"将滋育出一种人类相处的新道理，新方式，来应付这个'天涯若比邻'的新时代。"③在这里，杨振声鲜明地表达出以文化创新来复兴国家民族的理想，即发挥文化的情感教育功能来改造国民精神，提升国民品格，从而推动一个新时代的到来。这一主张在得到废名的积极响应后④，杨振声则对"新文化"的建设又提出了具体的途径，即一要有世界的视野，二又要能不遗忘过去的传统，其中表达正是在立足传统文化的基点上将其放在世界文化视野中促使其现代转换的文化创新思维。与杨振声一样，沈从文也表达了这一思想理路。对于刚刚逝去的民族战争，沈从文在对其观感中则充溢着一股对民族苦难的深深悲悯感。他

---

① 朱光潜：《自由主义与文艺》，《朱光潜全集》第9卷，安徽教育出版社1993年版，第481页。

② 萧乾：《中国文艺往哪里走?》，《大公报》，1947年5月5日。

③ 杨振声：《我们要打开一条生路》，《杨振声选集》，人民文学出版社1987年版，第317页。

④ 废名：《响应"打开一条生路"》，王风编：《废名集》第3卷，北京大学出版社2009年版，第1420页。

说："一切如戏，点缀政治。一切如梦，认真无从。一切现实，背后空虚。仔细分析，转增悲悯。"①也许正是对战争中的人的命运和苦难的悲悯，使沈从文在面对新的内战时提出了一种新的"憧憬"，试图"用爱与合作来重新解释'政治'二字的含义，在这种憧憬中，以及憧憬扩大努力中，一个国家的新生，进步与繁荣，也许会慢慢来到人间的！"②同样表达着希望用文学来复兴国家民族的理想。由此可见，京派作家在战后表现出一种强烈的以"文学建国"的理想，这就为京派文学思想在战后的发展增进了新的内涵。

在现代中国的政治环境中，京派的这一文学理想注定没有实现的可能。随着政治形势的急剧变化，在趋于明朗的社会政治形势面前，京派站在自由主义立场的这些言论很快就遭到了来自左翼阵营的猛烈批判，而京派也在一片批判声中走向终结。京派终结的一个重要标志就是来自于郭沫若的那篇充满着战斗气息的檄文：《斥反动文艺》。在文章中，郭沫若批判了京派的沈从文、朱光潜和萧乾，称他们为反动文艺的代表，其文艺是"对革命的反动"。③在现实面前，京派面临了"文学何去何从"的问题。1948年11月，北大青年文学社团"方向社"在北大蔡孑民纪念堂举行座谈会，参加者基本上属于京派作家群。他们以"红绿灯"为喻，对文学与政治关系进行了新的审视。沈从文认为文学自然受政治的限制，但在影响之外是否还可保留修正政治的权利；废名则表示在内心无法服从，尽管他无法反抗；冯至则说红绿灯是好东西，不顾是不对的；汪曾祺认为红绿灯的比喻不恰当，但它既然有操纵的权利，它即是合法的；朱光潜主张文学与

---

① 沈从文：《从现实学习》，《沈从文全集》第13卷，北岳文艺出版社2002年版，第388页。

② 沈从文：《从现实学习》，《沈从文全集》第13卷，北岳文艺出版社2002年版，第390页。

③ 郭沫若：《斥反动文艺》，《大众文艺丛刊》第一辑《文艺的新方向》，香港生活书店，1948年3月。

政治有关系，但不能把一切都硬塞在一个模型里。①这其中的不同意见也反映出京派作家自身的分化，但他们都强烈感到了政治对文学的有力影响，由此也预感到了他们将来的命运。他们给自己设计了两条道路，"一是不顾一切，走上前去，……另一条是妥协的路，暂时停笔，将来再说。"②但无论是哪条路，都已经宣布了京派的难以为继。京派至此，伴随着它的文学实绩和文学思想，已经在现代中国完成了其历史使命，它的被重提则要到二十世纪八十年代的新时期了。

---

① 参见《今日文学的方向》，《大公报·星期文艺》，1948年11月14日。
② 参见《今日文学的方向》，《大公报·星期文艺》，1948年11月14日。

第三章　京派文学思想本体论

　　京派文学本体思想是京派作家群体对文学本体思考所形成的思想内核和体系，它同时涉及文学的本质和功能诸问题，从而在根本上彰显了京派的文学立场和姿态。京派作为中国现代文学史上典型的自由主义作家群体的代表，其成员间的自由主义观念不仅体现在社会政治层面的内容上，更显现在属于文化和文学的意识形态层面上。在文学领域，京派旗帜鲜明地张扬自由主义的理念，形成的文学自由思想是对文学本质的看法，从而成为京派文学本体思想体系中最具本质特征的核心内容。京派秉持纯正的文学趣味观，京派作家在对中国现代文学诸种文学趣味的批评中走上自身文学趣味的建构之路，并最终形成较为完整的理论形态，并且这一思想也成为京派文学的创作、欣赏和批评的文艺标准。因京派对文学与人生、文学与政治所进行的双向思考，并最终缘于对文学本质的看法，提出了文学的情感教育功能，从而形成了自身独特的文学功用思想。以上基本上构成了京派文学本体思想的基本内容，京派正是通过文学本体思想的呈现，还原了文学的本来面目。而在整个京派文学思想体系中，这一本体思想也内在地规范和影响了京派文学创作思想和京派文学批评思想。

第一节　"文艺的本性"：京派文学自由思想之义

1949年11月27日，《人民日报》刊发了朱光潜的《自我检讨》，而在这前后，在新中国成立后的《大公报》上，杨振声于1949年5月4日发表《我羼在时代的后面》，萧乾于1950年1月9日发表《试论买办文化》，沈从文于1951年11月14日发表《我的学习》，他们共同对自我的自由主义倾向进行了检讨和批判。就在朱光潜的这份检讨里，他说道："从对于共产党的新了解来检讨我自己，我的基本的毛病倒不在我过去是一个国民党员，而在我的过去的教育把我养成一个个人自由主义者，一个脱离现实的见解偏狭而意志不坚定的知识分子。"应该说，他们的这种自我批判是十分彻底的。对于"左翼"作家曾经给予宣判的"自由文人"及其思想，而今他们自己给自己来了一次"清算"。在新的人民的时代到来之时，他们的自由主义者的政治文化身份和思想立场正是他们身上一切问题的症结所在。

在二十世纪四十年代中国的政治语境中，自由主义者的处境是非常尴尬的。对此，朱光潜在《自由分子与民主政治》一文中对四十年代中国政治势力中自由分子的作用和地位就有着非常清楚地说明。他说自由分子具有"稳健纯正"的思想，其立场是"中立的超然"，所发挥的作用是在冲突的双方"保持一种平衡，居中调和"。但在现实的政治环境中，自由分子往往是"被挤在夹缝里，左右做人难。在朝党嫌他太左，在野党嫌他太右"，因而结果就是"彼此都是把可能的朋友驱遣到仇敌的旗帜之下"。由此他认为自由分子的势力在现代中国是"几乎剥削完了"，他们大部分只能是"散在文化教育界与实业界"。[①]由于现代中国政治的特殊性和复杂性，自由分子被各派政治势力

①朱光潜：《自由分子与民主政治》，《朱光潜全集》第9卷，安徽教育出版社1993年版，第303页。

排挤在外，因此文化场就成了他们最理想的栖身之所。而京派作家就是这样一群散落在中国现代文化（文学）界的自由主义知识分子群体。

关于自由主义，很多研究者都认为它是一个歧义百出、难以界定的概念。广泛地讲，它大体包括四个方面的内涵，即政治自由主义、经济自由主义、社会自由主义和哲学自由主义。所以总起来看，它既是一种理论和意识形态，也是一种制度和一种政治运动。①京派作为中国现代文学史上最有代表性的自由主义作家群体，他们的自由主义虽然有指向政治的和社会层面的内容（比如在二十世纪三十年代，针对胡也频的遇害和丁玲的失踪，作家沈从文先后写下了《记胡也频》《丁玲女士被捕》《丁玲女士失踪》和《记丁玲》等文，对国民党的专制统治政策及对左翼作家的迫害进行了猛烈的抨击，同时他还针对国民党的书报检查政策以及"恢复固有道德""尊孔读经"之行为写下了《禁书问题》《论读经》《尽责》等文章，抨击国民党的文化政策、愚民政策和对青年的教育政策等），但作为最根本的还是指向文化的、文学的属于意识形态的方面。他们在文化上主张多元和宽容，在文学上坚持文学的本体价值，这一切最终形成了他们自由主义的文学观念，并成为他们文学思想中最为核心的内容。

从源头上考察京派的自由文学思想，远的方面是承受西方的影响，近的方面则来自"五四"文学革命。京派作家多游历欧美，再加上出国前所受的"五四"新文化运动和文学革命的精神洗礼，西方的自由、民主、个性解放等思想深入他们的骨髓，从而在意识上渗透于他们思想的所有领域，这其中当然包括他们的文学思想。而"五四"文学革命则在具体的文学实践上给京派作家树立了很好的典范。一方面，中国新文学并不是在传统文学内部变革中产生的，它的诞生很大程度上是受外来文学的影响。在"五四"这场思想解放和社会改造运动中，西方各种文学思潮汹涌而入，由此造成了"五四"新文学的多元共存的局面。另一方

---

① 李强：《自由主义》，中国社会科学出版社1998年版，第13—27页。

面，"五四"文学先驱们也以自身的行为营造了自由的文学空气。关于这点，京派作家看法较为一致。朱光潜曾说道："本来新文学运动的倡导者大半都是自由主义者，在白话文的旗帜之下，大家自由写作，各自摸路，并无一种明显的门户意识。"①沈从文在谈到"文学革命"时也是如此，他说他们从一个比较广泛的自由的要求下出发，针对旧社会，"自由写作，自己找出路，各自打天下。"在当时不管李大钊先生也好，还是陈独秀先生、胡适先生、鲁迅先生，他们"那么多没有说是哪个第一，先排队的"。②因此"五四"文学革命从精神领域到实践层面都为中国现代文学开启了自由主义文学传统的先河，京派作家正是承续这一传统而继续向前的。

在文学领域，京派旗帜鲜明地拥护自由主义，这首先就表现在他们对文学本体的思考上。在中国传统的文学观念里，因为文学被视为"载道"的工具，所以对"文学是什么"的问题一直缺乏深入探究而显得含混不清。对此问题，京派认为文学像其他艺术一样，"是人类超脱自然需要的束缚而发出的自由活动。"③宣称自由是文艺的生命和本性。在这方面，代表京派作家做出较大理论贡献的，一是周作人，二是朱光潜。

"五四"时期，周作人因《人的文学》《平民文学》为自己赢得巨大的声名，这些文章往往被视作为人生派文学奠定了理论基础，但随即面对文坛上兴起的"为人生派"和"为艺术派"，周作人感到以"人的文学"观念为基础的人生派文学较容易讲到功利里去。他说："人生派说艺术要与人生相关，不承认有与人生脱离关系的艺术。这派的流弊，是

---

① 朱光潜：《现代中国文学》，《朱光潜全集》第9卷，安徽教育出版社1993年版，第327页。

② 沈从文：《自己来支配自己的命运——在〈湘江文艺〉座谈会上的讲话》，王亚蓉编：《沈从文晚年口述》，陕西师范大学出版社2003年版，第62页。

③ 朱光潜：《文学与人生》，《朱光潜全集》第4卷，安徽教育出版社1987年版，第159页。

容易讲到功利里边去，以文艺为伦理的工具，变成一种坛上的说教。"①
经过对"人的文学"观的怀疑，周作人于1922年发表《自己的园地》，
提出"自己的园地"的文学观。他以"自己的园地"为喻，认为在文艺
的园地里种蔷薇地丁还是果蔬药材，只是"依了自己心的倾向"去做，
"这是尊重个性的正当办法"。"倘若用了什么名义，强迫人牺牲了个性
去侍奉白痴的社会，——美其名曰迎合社会心理，——那简直与借了伦
常之名强人忠君，借了国家之名强人战争一样的不合理了。"②与此同
时，周作人还对人生派和艺术派左右开弓。认为前者以艺术为人生的仆
役，将艺术附属于人生；后者则以个人为艺术的工匠，将人生附属于艺
术，两者都是将艺术和人生分离，进而提出"人生的艺术派"，"既不必
使他隔离人生，也不必使他服侍人生，只任他成为浑然的人生的艺术便
好了。"③而这派文学即"以个人为主人，表现情思而成艺术"，它虽然
"初不为福利他人而作，而他人接触这艺术，得到一种共鸣与感兴，使
其精神生活充实而丰富"，所以具有"独立的艺术美与无形的功利"。④
因此"自己的园地"的文学观就是以个人为主人，表现情思而成艺术的
文学观，是一种尊崇个性的个人主义的文学观，它同时牵涉到周作人对
文学本质和功能的理解。作为核心的内容，他强调文学是作家自我个性
的表现，作家"写什么""怎么写"都是受其创作个性的规定和制约，
是他自己的事。文学是只有感情而无目的的，是"无为而为"的。所以

---

①周作人：《新文学的要求》，钟叔河编：《周作人文类编》③，湖南文艺出版社
1998年版，第45页。

②周作人：《自己的园地》，钟叔河编：《周作人文类编》③，湖南文艺出版社
1998年版，第63页。

③周作人：《自己的园地》，钟叔河编：《周作人文类编》③，湖南文艺出版社
1998年版，第63页。

④周作人：《自己的园地》，钟叔河编：《周作人文类编》③，湖南文艺出版社
1998年版，第63-64页。

他说这是个人主义的文艺，但他相信"文艺的本质是如此的"。①在《自己的园地》之后，周作人还写了《文艺的讨论》《文学的讨论》《文艺的统一》《文艺上的宽容》等一系列的文章，反复倡导这一新的文学观。至此，周作人的文学思想发生转变，由"人的文学"到个人主义的文学，由喜欢艺术与生活中隐现的主义到爱好艺术与生活自身。②而他本人也已从新文学运动的领头人开始变成一位"自由的思想家"。

在三十年代，周作人还从文学史的角度为自己个人主义的文学观加以阐发，寻求佐证。在《中国新文学的源流》的讲演中，他说中国文学具有诗言志与文以载道两大潮流，"这两种潮流的起伏，便造成了中国的文学史。"③基于这一认识，他把中国新文学的源流追溯至明末的公安、竟陵两派文学，对其"不拘格套，各抒性灵""信腕信口，皆成律度"的文学主张大加赞赏。这里尽管可以把其视作是一种文学史观，但其中所欲表达的还是如周作人自己所说的是"文学上的主义或态度"。④周作人把言志派的文学又称为"即兴的文学"，把载道派的文学又称为"赋得的文学"，而认为"古今来有名的文学作品，通是即兴文学。"⑤根据周作人的解释，"言志"即表达自己的思想见解，而"即兴"则是自由地加以表达；"载道"就是传达他人的思想见解，"赋得"则是在固有的形式中表达他人见解。周作人称赞的是"言志"和"即兴"，反对的是"载道"和"赋得"，所以在此表达的仍是自己的个人主义的文学观，他只是借文学史对这一观点加

① 周作人：《文艺的讨论》，钟叔河编：《周作人文类编》③，湖南文艺出版社1998年版，第65页。
② 周作人：《〈艺术与生活〉自序》，钟叔河编：《周作人文类编》③，湖南文艺出版社1998年版，第334页。
③ 周作人：《中国新文学的源流》，止庵编：《周作人讲演集》，河北人民出版社2004年版，第128页。
④ 周作人：《〈中国新文学的源流〉序》，钟叔河编：《周作人文类编》③，湖南文艺出版社1998年版，第394页。
⑤ 周作人：《中国新文学的源流》，止庵编：《周作人讲演集》，河北人民出版社2004年版，第145页。

以进一步的充实。

周作人主张"自己的园地"的文学观，所以他反对遵命文学，认为遵命文学害人害己。"遵命文学害处之在己者是做惯了之后头脑就麻痹了，再不会想自己的意思，写自己的文章。害处之在人者是压迫异己，使人家的思想文章不得自由表现。"①并且声称"唯凡奉行文艺政策，以文学作政治的手段，无论新派旧派，都是一类，则于我为隔教，其所说无论是扬是抑，不佞皆不介意焉。"②他还反对文艺的统一，对于一些"凭了社会或人类之名，建立社会文学的正宗，无形中厉行一种统一"的文学倾向加以批评。因为在他看来，个人与人类和社会是一个整体，没有"个人外的社会和社会外的个人"。③所以"文艺是人生的，不是为人生的，是个人的，因此也即是人类的；文艺的生命是自由而非平等，是分离而非合并。一切主张倘若与这相背，无论凭了什么神圣的名字，其结果便是破坏文艺的生命"。④他主张文艺自由、宽容地生长，认为"宽容是文艺发达的必要的条件"。在他看来，文艺的条件就是自己表现，个人的个性既然不同，那么表现出来的文艺自然就不相同，如果拿批评上的大道理去强迫统一，那么"这样的文艺作品已经失了他唯一的条件，其实不能成为文艺了。"⑤由此可见，周作人正是在"自己的园地"的文学观的基础上，建构起了自己自由主义文学思想的大厦，认为自由是文学的生命，并且相信"文学既不被人利用去做工具，也不再被

---

① 周作人：《遵命文学》，钟叔河编：《周作人文类编》③，湖南文艺出版社1998年版，第140页。

② 周作人：《〈苦竹杂记〉后记》，张明高、范桥编：《周作人散文》第2集，中国广播电视出版社1992年版，第43页。

③ 周作人：《文艺的统一》，钟叔河编：《周作人文类编》③，湖南文艺出版社1998年版，第77页。

④ 周作人：《文艺的统一》，钟叔河编：《周作人文类编》③，湖南文艺出版社1998年版，第78页。

⑤ 周作人：《文艺上的宽容》，钟叔河编：《周作人文类编》③，湖南文艺出版社1998年版，第68页。

干涉，有了这种自由他的生命就该稳固一点了"。①

　　周作人由"自己的园地"所建构起来的个人主义文学观，虽然没有"人的文学"的影响大，但无疑这是他最具个性的文学理论，并且这一文学思想对二十世纪三十年代主张自由独立的作家有着深远的潜在影响。正如孙郁所认为的：在二十世纪二十年代后期开始，周氏身边就渐渐形成了一个文人圈子。"这些人大多远离激进风潮，喜欢清谈，厌恶政治，象牙塔里的特点过浓，与'左'倾文化是多少隔膜的。""京派文化的出现，实在说来和苦雨斋的关系是深而又深的。"②而就周作人与京派的关系而言，周作人合于京派题旨的正是他的这一自由主义文学思想，即"本质上的个人主义和透彻的文学自主与独立意识"。③

　　与周作人着眼于个人主义所建构起来的文学自由观念不同，朱光潜则从文化思想的层面阐述了自由之于文学的关系和意义。朱光潜认为文化思想的发展大致可分为生发期和凝固期。在生发期阶段，从传统中解放过来的思想常毫无拘束地向各方面探险发展，它们不拘一轨，在分歧冲突中各派思想保持独立自由的尊严。这一阶段时间愈长久，则思想领域所达到的方面愈众多，所吸收的营养愈丰富，所树立的基础也愈坚实稳固。而到了凝固期，新的传统已经建立，生发期阶段文化思想发展所具有的兴奋和活力锐减，新传统成为统一的中心势力，所以文化思想的凝固期同时也是其趋于衰落的时期。他说新文化思想所处的就是生发期阶段，所以"我们现在所急需的不是统一而是繁富，是深入，是尽量地吸收融化，是树立广大深厚的基础"，因为"健全的人生观文化观都应容许多方面的调和的自由

────────────

①　周作人：《文学的未来》，钟叔河编：《周作人文类编》③，湖南文艺出版社1998年版，第138页。

②　孙郁：《苦雨斋文丛·周作人卷·序》，辽宁人民出版社2009年版，序第1页。

③　周仁政：《中国现代文化史视野中的京派和京派文学》，《理论与创作》，2010年第1期。

发展"。①在此朱光潜提出了对于文化思想运动的基本态度，即"自由生发，自由讨论"。朱光潜认为文化思想与文艺关联密切，相信"文化思想方面的深广坚实的基础是新文艺发展所必须的条件"，②所以在文艺领域，所抱态度与文化思想相同。新文艺也是在幼稚的生发期，在这个阶段，创作上就应该主张"多探险，多尝试"，不应该让"某一种特殊趣味或风格成为'正统'"；批评上，无论对于旁人还是对于自己，都应该坚持"冷静严正"的态度，因为大家虽然所努力的方向不同，但"条条大路通罗马"，最终可以殊途同归，共同"替中国新文艺开发出一个泱泱大国"。③朱光潜由文化思想态度过渡到文艺态度，其内在的一致所表达出的正是奉文艺的自由主义观念为圭臬的艺术主张和追求，这种思想在二十世纪四十年代仍然得到了延续和进一步的发展。

1947年《文学杂志》复刊，朱光潜在"复刊卷头语"中倡明态度和目标仍与原刊一致，采取"宽大自由和严肃的态度"，"树立一个健康的纯正的文学风气"，并且认为"文学上只有好坏之别，没有什么新旧左右之别"，其思想与十年前并无分别。这一时期显示朱光潜自由文学思想进一步深化发展的是他的《自由主义与文艺》一文。朱光潜结合自己的"自由"观念的来源，阐明了他所理解的"自由主义"的精神内涵。一是来源于西文字源学上的知识，在此方面，"自由"与"奴隶"相对立，所以拥护自由主义就是反对奴隶制度，主张每个人都应有他的自主权，凭他理性意志发为理性的活动；二是来自他学过的一些生物学和心理学的知识，在这方面，"自由"与"生展"联系在一起，它与"压抑""摧残"相对立，所以拥护自由主义就是反对压抑和摧残，主张每个人无牵无碍地发展他的

①朱光潜：《理想的文艺刊物》，《朱光潜全集》第3卷，安徽教育出版社1987年版，第436页。

②朱光潜：《理想的文艺刊物》，《朱光潜全集》第3卷，安徽教育出版社1987年版，第437页。

③朱光潜：《理想的文艺刊物》，《朱光潜全集》第3卷，安徽教育出版社1987年版，第437页。

"性所固有"，以便达到一种健康状态。综合起来，朱光潜认为他所了解的自由主义骨子里与人道主义是一回事。而具体到文艺领域，一则艺术的活动是超脱自然限制的自由活动，其自由性充分体现了人性的尊严，即能自主，不是奴隶的活动；二则既然文艺体现的是人性中的要求，它就应该自由地发展，不应受到压抑和摧残。在此，朱光潜认为自由的有无决定着文艺的有无，高度肯定了自由之于文艺的重要性。他说："自由是文艺的本性，所以问题并不在文艺应该或不应该自由，而在我们是否真正要文艺。"[1]这里，同样显现了朱光潜对文艺本质和功能的理解。就文艺本质来说，他认为是文艺就必须有创造性，这无异于说没有创造性或自主性的文艺根本就不成为文艺，并且具体的文艺创作活动也体现了这点，因为文艺创作主要凭借的心理活动是直觉或想象，而它们的特征就是自由自生自发。对于文艺的功能，他反对文艺的工具化，认为"文艺自有它的表现人生和怡情养性的功用，丢掉这自家园地而替哲学宗教或政治做喇叭或应声虫，是无异于丢掉主子不做而甘心做奴隶"[2]。

如果说周作人的"自己的园地"文学观只是其自由文学思想的个人化的实践，那么朱光潜的表达则更具全局性，代表了京派作家的集体性诉求。他们殊途同归，在对文学本体的思考中，共同阐明了自由是文学的生命和本性，从而对文学的本质和功能做出了充分的揭示。可以说，他们的这些文学见解在总体上表达了京派作家的文学理想和追求。一般来讲，文学本体观决定着文学的创作观和批评观。京派在对文学本体的思考中所散发的自由主义文学思想，相应地也体现在他们的创作思想和批评思想中。对于京派的文学创作思想和文学批评思想，在后面的章节里将有专门的论述，本章在这里仅就其中蕴含的自由主义思想作些探讨。

---

① 朱光潜：《自由主义与文艺》，《朱光潜全集》第9卷，安徽教育出版社1993年版，第481页。

② 朱光潜：《自由主义与文艺》，《朱光潜全集》第9卷，安徽教育出版社1993年版，第482页。

京派作家在创作观上，充分高扬作家主体的个性意识。沈从文认为一切伟大的作品都应有其特点或个性，而努力创造这一特点或个性，应该成为作者的责任或权利。①他还曾就自己的创作经验说道："我除了用文字捕捉感觉与事象以外，俨然与外界绝缘，不相粘附。我以为应当如此，必须如此。一切作品都需要个性，都必须浸透作者人格和感情，想达到这个目的，写作时要独断，要彻底地独断。"②京派作家对创作个性的张扬，充分体现了他们对文学主体性的尊重。这特别表现在他们对文学与政治关系的思考上。

在文学与政治的关系上，京派并不是绝对地反对两者的结合，但在根本上他们对政治又有着警惕和戒惧，主张文学远离政治。其中的原因一是认为文学易沦为政治的工具，成为政治的点缀和附庸，丧失自身的独立价值；二是认为政治会通过作家主体对文学进行抑压，导致作家主体性和文学主体性的丧失。沈从文对政治抑压的历史语境下的作家创作有着非常深刻的认识。他说在政治抑压下，文学以个体为中心的追求完整、追求永恒的某种创造热情，某种创造基本动力，某种不大现实的狂妄理想全被轰毁，代之而起的是以合政治目的或政治家兴趣的作品。作家尽管在政治行为、生活和工作上能认识或信仰，但在写作上有困难，由此出现两种情形，"他不写，他胡写"。③但无论哪种情形，结果这个作家都是完了。因为在京派作家看来，文学是个性的表现，他们所遵从的是从"思"字出发的写作方式，但在政治抑压下，作家的创作却必须从"信"字起步，④这

---

① 沈从文：《作家间需要一种新运动》，《沈从文全集》第17卷，北岳文艺出版社2002年版，第107页。

② 沈从文：《习作选集代序》，《沈从文全集》第9卷，北岳文艺出版社2002年版，第2页。

③ 沈从文：《抽象的抒情》，《沈从文全集》第16卷，北岳文艺出版社2002年版，第531页。

④ 沈从文：《致吉六》，《沈从文全集》第18卷，北岳文艺出版社2002年版，第519页。

种以他者取代自我的写作必然会导致作家自我个性的泯灭，从而导致文学自身独立品格的丧失。

京派高扬作家主体的个性意识，在他们的文学批评实践中也充分体现出来。他们对那些创作个性突出而风格独具的作家及作品往往给予较多的关注。有学者曾对李健吾《咀华集》和《咀华二集》里的文章做过量的分析，在李健吾专门评论过的19位现代诗人和作家中，结果发现有三分之一是称得上独具个性风格的。①与此同时，他们也对那些顽强坚持自己创作个性永葆自我风格的作家抱以尊重和推崇。比如对废名的创作，周作人和朱光潜都在此层面给予了肯定。周作人十分佩服废名著作的独立精神，认为他"沿着一条路前进，发展他平淡朴讷的作风，这是很可喜的"，而这一创作之路在周作人看来也是作为作家"最确实的走法"。②朱光潜则说废名的文学创作无疑走的是"一条窄路"，但他肯定这一行为，认为"每人都各走各的窄路，结果必有许多新奇的发现。最怕的是大家都走上同一条窄路"。③由此可见，京派对颇具创作个性的作家创作的更多关注和尊崇，其中体现出来的仍是他们的自由主义文学思想。

在文学批评上，京派认为批评说到底也是"创作之一种"，④他们推崇印象主义的批评，认为批评是批评者自我"印象的复述"，⑤它具有主观性和创造性。对文学批评性质的这一认知使他们对批评主体表现出极大的尊重，强调批评家在批评过程中的个性创造。这无疑是他们在创作观上高扬作家个性意识在文学批评领域的再体现。京派既然认为文学批评只是批评

① 温儒敏：《中国现代文学批评史》，北京大学出版社1993年版，第146页。
② 周作人：《〈竹林的故事〉序》，钟叔河编：《周作人文类编》③，湖南文艺出版社1998年版，第627页。
③ 朱光潜：《编辑后记》（二），《朱光潜全集》第8卷，安徽教育出版社1993年版，第547页。
④ 周作人：《文艺批评杂话》，钟叔河编：《周作人文类编》③，湖南文艺出版社1998年版，第579页。
⑤ 沈从文：《论落华生》，《沈从文全集》第16卷，北岳文艺出版社2002年版，第161页。

者自我印象的复述，是自我灵魂在杰作中的冒险，由此在对待批评意见上就不应以"法官""权威"自居，所以主张在文学批评上要具有"谦"的精神。[①]这种"谦"的精神实质上体现了他们在批评上所秉持的宽容原则。他们主张宽容的文学生长论，相应地在批评上他们尊重批评对象"创作个性的自由发抒"，"承认文学创造性思维的求异性、活跃性"和"文学精神现象的无限开发性"。[②]同时，这种宽容在更为深远的意义上还指向文坛上"已成势力"者对新兴文学流派的理解和承认，[③]即在文学上不能定于一尊，不能以统一和规范取消个体和自由。正是基于对宽容原则的这一理解，对于中国现代文艺的发展，他们认为只有"从政府的裁判和另一种'一尊独占'（指左翼文学，引者注。）的趋势里解放出来，它才能够向各方面滋长，繁荣"。[④]所以，文学批评上的宽容原则是京派自由主义文学思想在批评观上的重要体现。

京派在文学本体观、创作观和批评观上所体现出的自由主义文学思想，内在地影响了他们文学思想其他一切方面的内容，其中既包括属于文学本体层面上的广博纯正的文学趣味思想和"无为不为"的文学功利思想，又包括他们具体的文学创作思想和文学批评思想。因此在京派文学思想体系中，"自由主义"观念就成为了他们文学思想中最为本质的特征和最为核心的内容。

最后需要提到的是，面对中国现代政治形势的急剧转变，京派及其代表的自由主义文学很快就面临了一个"自由主义往哪里走？"的问题。如前所述，自由主义在现代中国的处境本就是非常尴尬，但现代中国动荡的政治局面毕竟还能为自由主义提供生存的一丝缝隙，可是随着新的政局的

① 周作人：《文艺批评杂话》，钟叔河编：《周作人文类编》③，湖南文艺出版社1998年版，第578页。

② 温儒敏：《中国现代文学批评史》，北京大学出版社1993年版，第37页。

③ 周作人：《文艺上的宽容》，钟叔河编：《周作人文类编》③，湖南文艺出版社1998年版，第68页。

④ 沈从文：《一封信》，《沈从文全集》第17卷，北岳文艺出版社2002年版，第131页。

趋向定势，京派对于其坚持的自由主义文学立场不得不进行一番新的审视。1948年11月，北大青年文学社团"方向社"在北大蔡子民纪念堂举行座谈会，会议由袁可嘉主持，参加者基本上属于京派作家群。①座谈会设计了三个议题，一是从社会学的观点讨论文学与社会的关系问题；二是从心理学的观点讨论文学与创作者个人的关系问题；三是从美学的观点讨论文学作文字的艺术的问题。但随着讨论的开始，这三个问题很快就纽结成了一个中心问题，即文学与政治的关系问题。在新的政治形势下，京派开始面临一个何去何从的选择，他们已经预感到了将来的命运，由此给自己设计了两条道路，"一是不顾一切，走上前去，……另一条是妥协的路，暂时停笔，将来再说。"他们还试图在文学与政治间建立一种新的"妥协"关系，即文学在接受政治的影响之外，保留一点批评、修正政治的权利。但显然这种"妥协"也只是他们的一厢情愿，接下来的历史事实表明，他们超越政治和阶级的自由主义文学立场已经走到了历史的十字路口。在以后近30年的共和国文学历史中，京派及其代表的"五四"自由主义文学传统终因不能适应新时代的要求而消失殆尽，其自由主义文学思想也只能躲进历史的角落。但翻过历史的这一页，京派自由主义文学思想所焕发出的对文学本体的尊重及其可贵的文学自觉意识，应该成为我们文学发展中所必须永远值得珍视的精神资源。

第二节　"趣味在生活里"：京派文学趣味思想之争

在京派的文学观念里，"趣味"是一个非常重要的文学范畴。他们强

---

① 座谈会的参加者有：朱光潜、沈从文、废名、冯至、钱学熙、常风、陈占元、沈自敏、汪曾祺、金隄、江泽垓、叶汝涟、萧离、高庆琪、马逢华、袁可嘉。见《今日文学的方向》，《大公报·星期文艺》，1948年11月14日，第107期。

调趣味之于文学的重要性，认为"辨别一种作品的趣味就是评判，玩索一种作品的趣味就是欣赏，把自己在人生自然或艺术中所领略得的趣味表现出就是创造"。①主张纯正的文学趣味，文学的修养在他们看来就是趣味的修养，并且一个人文学修养的成功与否就在于其"是否养成一个纯正的文学趣味"。②为此，京派不仅在艺术上自觉地追求纯正的文学趣味，并且在理论上也对其进行了积极的建构。

然而，说到"趣味"，它又是一个无法给予定义的概念。法国批评家蒂博代说："在批评领域无法给趣味下定义，如同在几何学领域无法给直线下定义一样。"③认为马蒙泰尔在《百科全书》中给趣味所下的定义："那种精神感觉，那种先天或后天的识别美或倾心于美的能力，一种对准则做出判断而本身又没有准则的本能。"④其定义本身就表明了趣味难以确定的特征。对此，京派理论家朱光潜也有相近的看法。他说"文学作品在艺术价值上有高低的分别，鉴别出这高低而特有所好，特有所恶，这就是普通所谓趣味"。⑤朱光潜似乎就趣味作了一个概念的说明，但他很快加以声明，说趣味只是一个比喻，只是由口舌感觉引申而来，"它是一件极寻常的事，却也是一件极难的事"，其难处就在于它"没有固定的客观的标准，而同时又不能完全凭主观的抉择"，虽然说"天下之口有同嗜"，可实际上却"人莫不饮食也，鲜能知味"。⑥"趣味"既然如此难以确定，那么

---

① 朱光潜：《文学的趣味》，《朱光潜全集》第4卷，安徽教育出版社1987年版，第171页。

② 朱光潜：《谈文学》，安徽教育出版社1996年版，第1页。

③ 阿尔贝·蒂博代：《六说文学批评》，赵坚译，生活·读书·新知三联书店2002年版，第168页。

④ 阿尔贝·蒂博代：《六说文学批评》，赵坚译，生活·读书·新知三联书店2002年版，第158页。

⑤ 朱光潜：《文学的趣味》，《朱光潜全集》第4卷，安徽教育出版社1987年版，第171页。

⑥ 朱光潜：《文学的趣味》，《朱光潜全集》第4卷，安徽教育出版社1987年版，第171页。

对于京派所追求的纯正文学趣味，它是如何建构的，具有什么样的内涵，又具有怎样的目标和意义，这些自然就成为了我们审视京派文学趣味思想时不可回避的问题。

首先需要指出的是，京派主张纯正的文学趣味，并非只是他们对自我文学理想的张扬，它同时有着较强的现实针对性。尽管有论者在纷繁的中国现代文学思潮中曾经离析出一种趣味主义文学思潮，但论题所及，主要指向的是以"追求轻松"为文学格调的一股文学创作潮流。①对于京派正活跃兴盛的二十世纪三十年代，在左翼、京派和海派三足鼎立的多元文学格局中，单就各自表现的文学趣味而言，至少有以左翼文学为代表的政治趣味、以海派文学为代表的商业趣味、以京派为代表的纯正的文学趣味和以周作人、林语堂等为代表的纯粹的个人主义趣味，其中"趣味"并不是一个"追求轻松"就能够打包装筐的。对于文坛创作所出现的这种种"趣味"现象，京派对其中的唯政治、唯商业和唯个人主义等不良倾向都进行了严正的批评，批评本身所表现出的不满正是京派希企以纯正的文学趣味对文坛所泛现的种种"趣味"加以纠偏补正之所在，从而促使文学运动的净化和重造。

京派对左翼文学一直颇有微词，对其主张的文学为政治、为阶级和为革命等倾向不以为然。客观地说，京派并不反对文学与政治的结合。他们明白在一个"出乎文学，入乎政治，出乎政治，入乎文学"的时代，文学与政治的结合并不足奇，但让他们感到奇怪的是在这种结合中，"文学变成一种工具，一种发泄，一种口号，单单忘掉了它自己。"②左翼文学在自身的发展过程中，一度存在严重的公式化、口号化的弊病，过于夸大文学

---

① 他们分别是以周作人、废名、俞平伯等为代表的"京派"趣味主义小群体、以张资平、叶灵凤打头，以张爱玲、苏青等打尾的"海派"趣味主义小群体和以林语堂等为代表的轻逸趣味小品。参见赵海彦：《中国现代趣味主义文学思潮》，中国社会科学出版社2005年版。

② 李健吾：《关于鲁迅》，《李健吾批评文集》，珠海出版社1998年版，第232页。

的政治效果，将文学视为宣传。对此，即使属于左翼阵营的茅盾和鲁迅都有所批评。茅盾曾经就其公式化倾向概括为"政治宣传大纲加公式主义的结构和脸谱主义的人物"，[①]指陈左翼文学"即使不是有意的走入了'标语口号文学'的绝路，至少也是无意的撞了上去了。有革命的热情而忽略文艺的本质"[②]的弊端；鲁迅则对文艺与宣传作出十分辩证的意见，说"一切文艺固是宣传，而一切宣传并非全是文艺"。[③]京派一直被视为现代审美主义的代表，在艺术与时代的结合中他们顺从的是艺术的良心，始终维护文学自身的独立品格。抗战前夕，沈从文指摘文坛上的"差不多"现象，认为创作内容和观念都差不多，其中原因就是作家"记着'时代'，忘了'艺术'"。[④]由此对于左翼文学因强调文学与时代政治的联系而无视文学性的现象，夸大文学的政治功能，使文学沦为其工具和附庸是极为不满的。与此同时，京派还发现新文学与政治结合之后，由于政治的引诱性大，导致一些作家品格的低下，他们因附会政策，趋时讨功，出现"朝秦暮楚"和"东食西宿"现象[⑤]。这样，文学表面上是"支配政治，改造社会，教育群众"，实际上却不过是"政客从此可以蓄养作家，来作打手，这种打手产生的文学作品，可作政治点缀物罢了。"[⑥]因此在京派看来，现代文学与政治的结合，虽然一度造成了现代文坛的热闹，但实质上已显示出其堕落的趋向，因为"近代政治的特殊包庇性，毁去了文学固有的庄严

① 朱璟（茅盾）：《关于"创作"》，《北斗》创刊号，1931年9月20日。

② 茅盾：《从牯岭到东京》，《小说月报》，1928年第19卷第10期。

③ 鲁迅：《三闲集·文艺与革命》，《鲁迅全集》第4卷，人民文学出版社1981年版，第84页。

④ 沈从文：《作家间需要一种新运动》，《沈从文全集》第17卷，北岳文艺出版社2002年版，第102页。

⑤ 沈从文：《新的文学运动与新的文学观》，《沈从文全集》第12卷，北岳文艺出版社2002年版，第49页。

⑥ 沈从文：《新的文学运动与新的文学观》，《沈从文全集》第12卷，北岳文艺出版社2002年版，第47–48页。

与诚实"①。

京派对海派作家所体现出的"海上趣味"也非常不满。1933年，沈从文发表《文学者的态度》，指责文坛上作家的"玩票白相"态度，引起上海文人苏汶的反批评，由此引起现代文学史上著名的"京海之争"。沈从文在论争中所写的《论"海派"》一文中指出过去的"海派"与"礼拜六派"不能分开，它们是一样东西的两种称呼，由此得出自己对于"海派"概念的认识，即"'名士才情'与'商业竞卖'相结合"，并引申之为"投机取巧"和"见风转舵"等现象。②而在这之前，沈从文在《郁达夫张资平及其影响》《论中国创作小说》《现代中国文学的小感想》《上海作家》等文中一再地对海派习气进行了严厉的批评。在对郁达夫和张资平的比较中，他指出张的文学品味的低下，他"写的是恋爱，三角或四角，永远维持到一个通常局面下，其中纵不缺少引起挑逗抽象的情欲感印，在那里抓着年青人的心，但在技术的精神，思想，力，美，各方面，是很少人承认那作品是好作品的。"③其原因就是他承续了海派（礼拜六派）的趣味，按照那需要，自然地造成了"一个卑下的低级趣味的标准"。④张资平之流只是"旧礼拜六派"没落后出现的"新礼拜六派"，前者为上海旧式才子，后者是海上新式才子，但他们所做的事情却大同小异，"只是倦于正视人生，被社会一切正当职业所挤出，也就缺少那种有正当职业对于民族自尊的责任观念，"聚集在租界成一特殊阶级，"制造出一种浓厚的海上

---

① 沈从文：《一种新的文学观》，《沈从文全集》第17卷，北岳文艺出版社2002年版，第167页。

② 沈从文：《论"海派"》，《沈从文全集》第17卷，北岳文艺出版社2002年版，第54页。

③ 沈从文：《郁达夫张资平及其影响》，《沈从文全集》第16卷，北岳文艺出版社2002年版，第189—190页。

④ 沈从文：《郁达夫张资平及其影响》，《沈从文全集》第16卷，北岳文艺出版社2002年版，第190页。

趣味。"①而出现这种现象，正是新文学中心转移上海以后，在新出版物中起了一种商业的竞卖，所以"一切趣味的俯就，使中国的新文学，与为时稍前低级趣味的海派文学，有了许多混淆的机会"。②我们从沈从文对于"海派"概念的认识里，不难发现他主要指责的是隐藏在海派习气里的文学商业化所导致的文学的堕落和趣味恶化的倾向。

二十世纪三十年代，小品文创作在文坛上一度十分兴盛。1932年9月，林语堂创办《论语》，之后又创办《人间世》《宇宙风》杂志，以这些刊物为中心，大肆提倡幽默、闲适和独抒性灵的小品文，在文坛上形成了一股不小的风气。针对这些刊物及其创作倾向，京派对小品文所显现出来的文学趣味及其所造成的不良影响也有着尖锐的批评。沈从文认为人生文学的不能壮实耐久，其中原因之一就是当年人生文学提倡者（实指周作人）同时即是"'趣味主义'讲究者"，③他们一味地"要人迷信'性灵'，尊重'袁郎中'，且承认小品文比任何东西还重要"。④其兴味和态度使人生文学失去了严肃，从此流入"琐碎小巧，转入泥里"。⑤而对于《论语》等刊物所表现出的幽默，"作者只是存心扮小丑，随事打趣，读者却用游戏心情去看它。它目的在给人幽默，相去一间就是恶趣。"⑥对此，沈从文毫不客气地指出周作人、废名等后期创作

---

① 沈从文：《上海作家》，《沈从文全集》第17卷，北岳文艺出版社2002年版，第43页。

② 沈从文：《论中国创作小说》，《沈从文全集》第16卷，北岳文艺出版社2002年版，第196页。

③ 沈从文：《窄而霉斋闲话》，《沈从文全集》第17卷，北岳文艺出版社2002年版，第38页。

④ 沈从文：《谈谈上海的刊物》，《沈从文全集》第17卷，北岳文艺出版社2002年版，第93页。

⑤ 沈从文：《窄而霉斋闲话》，《沈从文全集》第17卷，北岳文艺出版社2002年版，第38页。

⑥ 沈从文：《谈谈上海的刊物》，《沈从文全集》第17卷，北岳文艺出版社2002年版，第90页。

的"趣味化"是"畸形的姿态"。①李健吾批评他们所谓"发扬性灵"只
是"销铄性灵"。②朱光潜则表示自己"对于许多聪明人大吹大擂所护送
出来的小品文实在是看腻了"。③在批评中，应该说京派无论是对小品文
还是幽默本身的看法是客观的。朱光潜曾讲到"小品文本身不是一件坏
事，幽默本身也不是一件坏事"，④沈从文也认为"讽刺和诙谐"在原则
上说来也不悖于人生的文学。⑤但问题是原本还有新鲜意味的晚明小品
文经许多人一模仿，"就成为一种滥调了"，艺术上的程式化使其成为一
种俗滥；并且他们把个人的特殊趣味加以鼓吹宣传，成为弥漫一世的风
气，这对于主张文艺应该有多方面自由调和的发展的京派来说是不能容
忍的。而幽默在其中又毫无分寸，结果便造成了"滥调的小品文和低级
的幽默合在一起"⑥的创作怪象。就在这些小品文所具有的种种现象的
背后，京派敏锐地指出了他们不严肃的玩文学的态度和它本身与时代的
隔阂及其在文坛上所造成的恶劣影响。沈从文认为他们在自己所选定的
方向上只是"玩着文学"，由此文学自然也就变成了一种"玩具"，流入
纯粹的个人消遣主义而缺乏担当意识，这种白相文学的态度正是北京人
生文学提倡者的精神堕落处。⑦对于小品文与时代的隔阂，鲁迅曾经指

---

① 沈从文：《论冯文炳》，《沈从文全集》第16卷，北岳文艺出版社2002年版，第
148页。

② 李健吾：《鱼目集——卞之琳先生作》，《咀华集·咀华二集》，复旦大学出版社
2005年版，第65页。

③ 朱光潜：《论小品文——一封公开信》，《朱光潜全集》第3卷，安徽教育出版社
1987年版，第426页。

④ 朱光潜：《论小品文——一封公开信》，《朱光潜全集》第3卷，安徽教育出版社
1987年版，第429页。

⑤ 沈从文：《窄而霉斋闲话》，《沈从文全集》第17卷，北岳文艺出版社2002年
版，第38页。

⑥ 朱光潜：《论小品文——一封公开信》，《朱光潜全集》第3卷，安徽教育出版社
1987年版，第429页。

⑦ 沈从文：《窄而霉斋闲话》，《沈从文全集》第17卷，北岳文艺出版社2002年
版，第40页。

出这种性灵文学是在"风沙扑面，虎狼成群的时候"，"靠着低诉和微吟，将粗犷的人心，磨得渐渐平庸"，①只是"抚慰劳人的圣药"。②在此方面，京派与鲁迅的意见是一致的。沈从文说在当时的社会情状里，作为20多岁的读者哪里还有这种潇洒情趣？哪里还适宜于培养这种情趣？③朱光潜则在猛然回头中"听到未来大难中的神号鬼哭"，"深深感觉到我们的文学和我们的时代环境间的离奇的隔阂"。④它在文坛和社会上所造成的影响则是一种"严重的病相"，"作家与读者不拘老幼皆学成貌若十分世故"，⑤"不但学生壁报和报纸副刊在学《论语》的调子，就是许多认真的作家往往在无意之中也露出油腔滑调。"⑥而这坏风气的制造者正是以周作人、林语堂等为代表的纯粹个人趣味主义的讲求者。

朱光潜在《文学上的低级趣味》一文中从作品内容和作者态度上列举了十种低级趣味的具体表现，其中属于作品内容的有侦探故事、色情的描写、黑幕的描写、风花雪月的滥调和口号教条，属于作者态度的有无病呻吟，装腔作势、憨皮臭脸，油腔滑调、摇旗呐喊，党同伐异、道学冬烘，说教劝善和涂脂抹粉，卖弄风骚。从以上京派对左翼、海派和小品文的批评中，我们可以见出它们不同程度上都有着朱光潜所指陈的低级趣味的表现，所以这些文坛现象均在京派的"扫荡"之列。京派对左翼、海派和小

---

① 鲁迅：《小品文的危机》，《鲁迅全集》第4卷，人民文学出版社1981年版，第575页。

② 鲁迅：《"题未定"草·七》，《鲁迅全集》第6卷，人民文学出版社1981年版，第427页。

③ 沈从文：《谈谈上海的刊物》，《沈从文全集》第17卷，北岳文艺出版社2002年版，第93页。

④ 朱光潜：《论小品文——一封公开信》，《朱光潜全集》第3卷，安徽教育出版社1987年版，第430页。

⑤ 沈从文：《风雅与俗气》，《沈从文全集》第17卷，北岳文艺出版社2002年版，第214页。

⑥ 朱光潜：《流行文学三弊》，《朱光潜全集》第9卷，安徽教育出版社1993年版，第26页。

品文的批评充分体现了他们反"清客化"、反"商业化"和反纯粹个人主义趣味的文学倾向，在具体的批评中实际上已经彰显出他们的严肃纯正的文学趣味观，因为"一种丰富而健康的文学既不包含印象派批评所要达到的那种个人细小的趣味，也不包含教条派批评所要人们强迫接受的那种理性和单一的趣味，它所包含的是多元化的趣味"，①京派正是在这种批评中开启了自身文学趣味的建构之路。但具体到理论总结，对纯正的文学趣味提供较为完备的理论形态的还是他们的理论家朱光潜。

朱光潜谈"趣味"的文章很多，如收在《孟实文钞》中的《谈学文艺的甘苦》《谈趣味》《谈读诗与趣味的培养》《诗的隐与谐》《诗的主观和客观》诸篇以及《文学的趣味》《文学上的低级趣味》等等，几乎都是围绕"趣味"在打转。这些谈"趣味"的文章，朱光潜声称虽然只是一些散漫性的理论，但它们是自己的"兴趣偏向"，是"一种单纯的精神方面的自传"，②其中所代表的趣味正是纯正的文学趣味。阅读这些文章，我们发现在朱光潜所建构的纯正的文学趣味里，主要涉及三个方面的内容：一是纯正的文学趣味的培养；二是在此基础上对其本质内涵的认定，三是其意义所在。

"趣味"的概念虽然难以确定，但它可以培养。朱光潜指出一个人在创作和欣赏上的趣味差异大凡受资禀性情、身世经历和传统习尚三个因素的影响，它们很自然地镶嵌在一个人身上，很难摆脱也不必完全摆脱。但对此我们应该下工夫，就是"根据固有的资禀性情而加以磨砺陶冶，扩充身世经历而加以细心的体验，接受多方的传统习尚而求截长取短，融会贯通"。③这几番功夫就是普通的学问修养，纯恃天赋的趣味和环境影响所造成的趣味都不

---

①阿尔贝·蒂博代：《六说文学批评》，赵坚译，生活·读书·新知三联书店2002年版，第156页。

②朱光潜：《〈孟实文钞〉序》，《朱光潜全集》第3卷，安徽教育出版社1987年版，第451页。

③朱光潜：《文学的趣味》，《朱光潜全集》第4卷，安徽教育出版社1987年版，第175页。

足为凭，"纯正的可凭的趣味必定是学问修养的结果。"①而许多人在文学上趣味的偏狭大半就是在"知"上有欠缺，他们往往是无知、错知或偏知，诊治这些毛病唯一的方剂就是"扩大眼界，加深知解"。而研究文学正是如此，"你玩索的作品愈多，种类愈复杂，风格愈纷歧，你的比较资料愈丰富，透视愈正确，你的鉴别力（这就是趣味）也就愈可靠。"②

真正的文学教育的意义就是培养纯正的文学趣味，在具体如何培养这一趣味的问题上朱光潜给出了明晰的思路，它必须经历一个从"偏"到"不偏"的过程。朱光潜认为文学的路不一定只有一条路可走，但在出发时你只有走一条路，所以对于初事文学的人在入门时"不能不偏，不能不依傍门户，不能不先培养一种偏狭的趣味"。③但这种门户之见只可"范围初学而不足以羁縻大雅"，④因为文学一时有一时的风尚，但这种一时风尚向来都是靠不住的，所以在入手时虽偏，后来却要能不偏，要"能凭空俯视一切门户派别，看出偏的弊病"。⑤朱光潜把文学趣味的培养看作好比是"开辟疆土"的过程，"须逐渐把本来非我所有的征服为我所有。"⑥他以自己的个人经验对此进行了详细的论证。他由习文言文改习语体文，信语体文时对文言文颇有反感，但后来经过摸索觉得文言文仍有其不可磨灭的价值。而在习文言文时，初学桐城派，骂过六朝

① 朱光潜：《文学的趣味》，《朱光潜全集》第4卷，安徽教育出版社1987年版，第175页。
② 朱光潜：《文学的趣味》，《朱光潜全集》第4卷，安徽教育出版社1987年版，第176页。
③ 朱光潜：《谈趣味》，《朱光潜全集》第3卷，安徽教育出版社1987年版，第347页。
④ 朱光潜：《谈趣味》，《朱光潜全集》第3卷，安徽教育出版社1987年版，第347页。
⑤ 朱光潜：《谈趣味》，《朱光潜全集》第3卷，安徽教育出版社1987年版，第347页。
⑥ 朱光潜：《文学的趣味》，《朱光潜全集》第4卷，安徽教育出版社1987年版，第176页。

文的绮靡，而待钻研过六朝文也觉得其有为唐宋文不可及之处。学诗是从唐诗入手，看不上宋诗，而后来读宋诗稍多，也发觉其特有一种风味。学外国文学也是如此，往往从嗜甲派不解乙派到了解乙派而重新估价甲派。从朱光潜的这一经验里，他的所谓"开辟疆土"实包含了两方面的意思，一方面是巩固旧领土，再是开辟新领土，只有在文学上建立广博厚实的基础才能使自己的趣味不偏，所以他说"涉猎愈广博，偏见愈减少，趣味亦愈纯正"。[①]

朱光潜甚至还为纯正文学趣味的培养提供了具体的途径，他认为诗是最好的媒介，"要养成纯正的文学趣味，我们最好从读诗入手。"[②]在朱光潜看来，诗比别类文学"较谨严，较纯粹，较精致"，而"一切纯文学都要有诗的特质"。[③]它不仅在文化层面表达"艺术家对于人生的深刻的观照"，且在艺术层面"传达这种观照的技巧"，[④]由此实现了艺术对日常世俗经验的审美超越，此乃诗的"佳妙"所在，对于这种"佳妙"的了解和爱好在朱光潜看来就是所谓"趣味"。而爱好小说戏剧的人往往只能见到其中最粗浅的一部分，即故事，只是满足童稚的好奇心。他把第一流小说中的故事比喻成枯树搭成的花架，其用处只是撑扶一园葛藤花卉，故事以外的东西才是小说中的诗。"读小说只见到故事而没有见到它的诗，就像看到花架而忘记花架上的花。"[⑤]所以诗是培养趣味的最好媒介，能欣赏诗自然能欣赏其他种类文学。另一方面，趣味终究是人的趣味，它与人生关

---

① 朱光潜：《谈趣味》，《朱光潜全集》第3卷，安徽教育出版社1987年版，第348页。

② 朱光潜：《谈读诗与趣味的培养》，《朱光潜全集》第3卷，安徽教育出版社1987年版，第350页。

③ 朱光潜：《谈读诗与趣味的培养》，《朱光潜全集》第3卷，安徽教育出版社1987年版，第349页。

④ 朱光潜：《谈读诗与趣味的培养》，《朱光潜全集》第3卷，安徽教育出版社1987年版，第350页。

⑤ 朱光潜：《谈读诗与趣味的培养》，《朱光潜全集》第3卷，安徽教育出版社1987年版，第350页。

联，是"对于生命的澈悟和留恋"，因"生命时时刻刻都在进展和创化，趣味也就要时时刻刻在进展和创化"。①艺术的趣味与滥调是不相容的，如果它没有创造开发，拘囿在一个狭小的圈套里，像文坛上的"风花雪月""阶级意识"之类就是如此，这样趣味自然就会僵死和腐化。而诗恰恰具有创造开发的艺术特质。朱光潜认为所谓"诗"并无深文奥义，他给诗下的定义是"它只是在人生世相中见出某一点特别新鲜有趣而把它描绘出来"，②所以读诗可以使人到处觉得人生世相新鲜有趣，可以吸收维持生命和推展生命的活力。只有生生不息的趣味才是活的趣味，这样在朱光潜的识见里，能欣赏诗的人不仅可以对其他种类文学有真确的了解，并且会觉得人生不是一件干枯的东西。

从以上朱光潜对纯正文学趣味的培养问题的阐述中，我们可以得出以下三点结论：一、纯正的文学趣味是文学修养出来的；二、它必然经历一个从"偏"到"不偏"的过程；三、诗是培养这种趣味最好的媒介。正是在这一过程中，朱光潜揭示出了纯正的文学趣味的本质内涵。他说学文学的人的"最坏的脾气是坐井观天，依傍一家门户，对于口味不合的作品一概藐视"。③而"文艺上的纯正的趣味必定是广博的趣味"。④朱光潜建立"纯正"即"广博"的文学趣味，自然对现代文坛存在的诸种偏狭的文学趣味具有纠偏的作用，但其根本并不仅仅在此，在他的观念里还有着更大的抱负，那就是企图以此为文艺的创作、欣赏和批评建立一个更为合理的文艺标准。他说："文艺自有是非标准，但是这个标准不是古典，不是

---

① 朱光潜：《谈读诗与趣味的培养》，《朱光潜全集》第3卷，安徽教育出版社1987年版，第352页。
② 朱光潜：《谈读诗与趣味的培养》，《朱光潜全集》第3卷，安徽教育出版社1987年版，第353页。
③ 朱光潜：《谈读诗与趣味的培养》，《朱光潜全集》第3卷，安徽教育出版社1987年版，第352页。
④ 朱光潜：《谈读诗与趣味的培养》，《朱光潜全集》第3卷，安徽教育出版社1987年版，第352页。

'耐久'和'普及',而是从极偏走到极不偏,能凭空俯视一切门户派别者
的趣味;换句话说,文艺标准是修养出来的纯正的趣味。"①而这无疑正是
其建构纯正的文学趣味的目的和意义所在。

京派在对现代文坛诸种创作"趣味"现象批评中开启的纯正文学趣味
建构之路,最终在朱光潜手里形成了完整的理论形态,从而成为京派文学
理想的重要内容。与此相应,京派也以自身的实际文学活动为这一理论提
供了理想的范例。

这首先就表现在他们的文学编辑活动中。京派作家先后主持编辑的文
艺副刊和文学刊物很多,但代表京派流派倾向且最具影响的是沈从文主持
的《大公报·文艺副刊》和朱光潜主编的《文学杂志》,在其刊物宗旨中
鲜明地体现出纯正的文学趣味观。《大公报·文艺副刊》虽然没有发刊
词,但在创刊号上,杨振声和林徽因分别写了《乞雨》和《惟其是脆
嫩》,实具有"发刊词"的性质,其中内容阐发了刊物宗旨所在。他们不
仅要打破北方文坛的沉寂局面,更为重要的是维护文学的独立性,即文学
要非政非商,要贴近普遍人生,为此杨振声特别提出了"了解与同情之于
文艺"的态度。②朱光潜主编《文学杂志》,他提出对本刊的希望,认为一
个理想的文艺刊物应该是这样的:"它应该认清时代的弊病和需要,尽一
部分纠正和向导的责任;它应该集合全国作家作分途探险的工作,使人人
在自由发展个性之中,仍意识到彼此都望着开发新文艺的一个共同目标;
它应该时常回顾到已占有的领域,给以冷静严正的估价,看成功何在,失
败何在,作前进努力的借鉴;同时,它应该是新风气的传播者,在读者群
众中养成爱好纯正文艺的趣味和热诚。"③甚至在"编辑后记"中也是阐明

---

① 朱光潜:《谈趣味》,《朱光潜全集》第3卷,安徽教育出版社1987年版,第
348页。

② 杨振声:《乞雨》,《杨振声选集》,人民文学出版社1987年版,第293页。

③ 朱光潜:《理想的文艺刊物》,《朱光潜全集》第3卷,安徽教育出版社1987年
版,第438页。

这种趣味态度："杂志是公开的，编者又不能不牺牲个人的趣味让各种不同风格都有自由发展的机会。"从而提倡大家"尽量地爱好自己所爱好的，同时也费一点力求了解旁人所爱好的。"①在具体的编辑活动中，他们身体力行这些宗旨原则，不仅创作、理论和批评并重，且扫除门户派别之见，既登载京派作家创作、批评，同时也广泛容纳左翼等作家的创作和意见。抗战后，《文学杂志》复刊，其宗旨一如既往，采取宽大自由严肃的态度，不执门户派别之见，始终坚守"文学上只有好坏之别，没有什么新旧左右之别"②的纯正广博的趣味观。

在创作上，他们认为"从商品与政策推挽中，伟大作品不易产生，写作的动力，还有待于作者从两者以外选一条新路，即由人类求生的庄严景象出发，因所见深广，所知甚多，对人生具有深厚同情与悲悯，对个人生命与工作又看得异常庄严，来用宏愿与坚信，完成这种艰难工作，活一世，写一世，到应当死去时，倒下完事。"③他们以近于宗教般的虔诚态度从事创作，反对玩票白相；始终强调文学与人生的紧密联系，将一切作品植根在"人事"上面，"用人心人事作曲"。为此，沈从文提出"趣味在生活里"的主张。④萧乾则结合自己的经验，声称自己是"未带地图的旅人"，说自己做新闻记者只是想"借旅行及职务扩展自己生命的天际线"。⑤而即使是大家闺秀的林徽因也表示自己向"窗子以外"张望的努力。如此种种都表明京派作家在创作上广泛地去涉猎人生，努力在人生世

---

① 朱光潜：《编辑后记》（三），《朱光潜全集》第 8 卷，安徽教育出版社 1993 年版，第 557 页。

② 朱光潜：《〈文学杂志〉复刊卷头语》，《朱光潜全集》第 9 卷，安徽教育出版社 1993 年版，第 242 页。

③ 沈从文：《白话文问题》，《沈从文全集》第 12 卷，北岳文艺出版社 2002 年版，第 62–63 页。

④ 沈从文：《现代中国文学的小感想》，《沈从文全集》第 17 卷，北岳文艺出版社 2002 年版，第 36 页。

⑤ 萧乾：《我与文学》，鲍霁编：《萧乾研究资料》，北京十月文艺出版社 1988 年版，第 38 页。

相中表现文学的广博纯正的趣味。具体到他们的创作世界，他们钟情的是乡村社会，但也描写都市人生，既写高门巨族又趋向"少受教育分子或劳力者"①的生活，文学的触角已经伸展到不同的社会阶层和广阔的人生领域。在小说文体上不拘一格，敢于实验，既有富有诗意的散文化抒情体，又同时对现代讽刺体小说做出新的开拓。在艺术表现上，他们既吸纳新潮又珍视传统，对传统的现代性转换进行了孜孜不求的探索和努力。

　　在文学批评上，京派主张和追求的是"创造的批评"，虽然他们认为在批评上"不可抹视主观的私人的趣味，但是始终拘执一家之言者的趣味不足为凭"，②因此在追求批评的创造性的过程中京派始终坚持以纯正的文学趣味作为文学批评的标准。这特别体现在他们对批评中"意识偏见"的拒绝和排斥上。在批评上一方面因主观的私人的趣味会形成"无意识的偏见"，另一方面因宗派情绪会形成"有意识的偏见"，但他们都是"健全批评的绊脚石"，③其根源就在于趣味的偏狭和心胸的狭隘，而京派正是以纯正广博的文学趣味对此作纠正，还批评以诚恳和公允的。他们以纯正的文学趣味作批评的标准，在自己与批评对象趣味相合时会感同身受地喜悦，而在与对象趣味不同时也能给对方一个公允的评价。

　　顺便提及的是，京派的纯正的文学趣味思想如同其文学自由思想和文学功用思想一样，在现代中国也是分外寂寞的，在救亡图存的时代主潮下，文学往往更多的是担负着"文以载道"的使命，功利性的过多渗入使文学不可能真正意义上走向纯正的趣味之途，因此京派这一文学理想在现代中国的历史语境中就有些生不逢时。但我们跨过这一历史的烟尘重新来审视中国现代文学时，文学究竟是应该在"文以载道"的磨道里转圈，还

---

　　① 林徽因：《〈文艺丛刊小说选〉题记》，陈学勇编：《林徽因文存》（散文书信评论翻译），四川文艺出版社2005年版，第143页。

　　② 朱光潜：《谈趣味》，《朱光潜全集》第3卷，安徽教育出版社1987年版，第348页。

　　③ 萧乾：《书评研究》，《萧乾全集》第6卷，湖北人民出版社2005年版，第20页。

是应该走向广博的纯正趣味之路，我想对于这个问题的回答可以说是不言自明的。

第三节　情感教育：京派文学功利思想之辨

沈从文在二十世纪三十、四十年代检视中国新文学运动发展的历史时提醒人们有两点值得注意："第一是民国十五年后，这个运动同上海商业结了缘，作品成为大老板商品之一种。第二是民国十八年后，这个运动又与国内政治不可分，成为在朝在野政策工具之一部。"①这样一来，新文学运动表面上虽然热闹，实际上却显示出堕落倾向，由此主张"重造文运"，建立一种新的文学观——摆脱新文学的商业作用和政治效果，追求纯正的文学。以沈从文为代表的京派这种疏离政治和商业的文学态度和创作姿态，在某种意义上已构成京派的"精神标记"，成为人们辨识他们及其文学的符码。人们对京派文学的认识和评价，以及由此而造成的京派荣枯兴衰的"历史命运"均与这一"精神标记"有所关联。三十、四十年代左翼文学家对京派的批评，特别是1948年由邵荃麟执笔的同人文章《对于当前文艺运动的意见——检讨、批判和今后的方向》对京派的判定，视京派是"反动的文艺思想"，"是地主大资产阶级的帮凶和帮闲文艺，这中间有朱光潜、梁实秋、沈从文等人的'为艺术而艺术论'"。②直接导致了京派在此后30余年的销声匿迹。而八十年代在反"左"的思想大潮中，京派又被人们视作"纯文学的典范"而重享尊荣。京派在不同历史时期的这种

---

① 沈从文：《新的文学运动与新的文学观》，《沈从文全集》第12卷，北岳文艺出版社2002年版，第46页。

② 邵荃麟：《对于当前文艺运动的意见——检讨、批判和今后的方向》，《大众文艺丛刊》第一辑《文艺的新方向》，香港生活书店，1948年3月。

命运"反差"背后，实际上牵涉到的一个问题就是人们对京派文学功利的理解和认识。左翼斥京派"为艺术而艺术"，批判的正是京派文学的无政治功利性；而京派被抬到"纯文学的典范"的高度，虽是推崇京派，但选取的价值标准与左翼对京派的批判如出一辙，因为纯文学的概念只在反对文学过分功利化的时候才会变得有效，其本身的立场和标准并不可靠。所以在不同历史时期，京派在人们视野中的非与是，最终都没有摆脱被人们视为"为艺术"派的窘境。

　　京派被视作现代审美主义的代表，他们追求艺术审美、坚守文学独立，在文学的社会意识与艺术意识之间，有着一定的偏于艺术一途的倾向。比如他们认为在文学创作上，当社会的良心与艺术的良心出现矛盾时，前者应顺从于后者。[1]但显然这只是问题的一个方面，如果凭此判定京派是"艺术派"，只是躲在艺术的"象牙之塔"中专注于自我表现的一群"隐士"，在根本上又是不符合京派实际的。周作人早在二十世纪二十年代就对"为人生派"和"为艺术派"两面开弓，其中认为"艺术派"视"个人为艺术的工匠"，[2]重技工轻情思，对其将艺术与人生相隔离进行了批评。在三十年代，朱光潜在《文学杂志》的发刊词中表明"十九世纪为艺术而艺术的主张是一种不健全的文艺观"。[3]而萧乾在编《大公报·文艺副刊》时也公开声明标榜不起"为人生而艺术"，但"也不想去为'艺术至上'呐喊"。[4]批评家刘西渭对有人将自己归入"艺术派"则予以否认，"一般人笑骂我是'为艺术而艺术'，我向例一笑置之。"在他看来，"'为

---

　　① 萧乾：《〈创作四试·战斗篇〉前言》，鲍霁编：《萧乾研究资料》，北京十月文艺出版社1988年版，第338页。

　　② 周作人：《自己的园地》，张明高，范桥编：《周作人散文》第2集，中国广播电视出版社1992年版，第228页。

　　③ 朱光潜：《理想的文艺刊物》，《朱光潜全集》第3卷，安徽教育出版社1987年版，第432页。

　　④ 萧乾：《美与善》，《萧乾全集》第6卷，湖北人民出版社2005年版，第149页。

艺术而艺术'的流弊是幻术，戏法，那不是艺术。"①京派文学家的上述言论表明他们从来就不是主张"艺术至上"的形式主义者。在追求艺术审美的征途中，京派文学家没有忘记时代对于文学的影响。朱光潜断言"各时代的文艺成就的大小"，"往往以它从文化思想背景所吸收的滋养料的多寡深浅为准"。②所谓从文化思想背景吸收养料，就是使文学植根于时代与人生的沃土中。在此基础上，朱光潜形成了关于文学"是一个国家民族的完整生命的表现"③的看法。作为对京派作家具有巨大凝聚力的杨振声，直言不讳文学改造国民精神的担当责任与意识。面对二十世纪三十年代的中国现状——政治腐败、军阀割据、经济破产、民族堕落、内乱无办法、外患不抵抗，造成这样的局面，呼唤文学应自觉地"负一份责任"。④这样看来，在如何处理文学的社会意识与艺术意识的问题上，京派显然不是走向极端，他们稳健、理性，在坚持文学独立原则的基础上，求取两者的契合和联姻。就京派作家的创作来说，他们确实为读者构筑了"世外桃源"般的文学世界，但就在这样的世界里却往往内含着"国民性改造"和"民族品德重造"等之类的大题目。京派不是"艺术派"，不是形式主义者，归根结底也与现代中国的历史境遇戚戚相关。现代中国的战火频仍、内忧外患，使置身于时代大潮中的京派作家不具备走向艺术"象牙之塔"的客观物质环境。所以在现代中国，正如有研究者所指出的那样："中国没有真正的形式主义的写作，京派作品大部分具有温和的社会性。"⑤

首先，京派非常注重文学与人生的联系。朱光潜曾以"花与土壤"

---

① 李健吾：《〈使命〉跋》，《李健吾批评文集》，珠海出版社1998年版，第157-158页。

② 朱光潜：《理想的文艺刊物》，《朱光潜全集》第3卷，安徽教育出版社1987年版，第431-432页。

③ 朱光潜：《〈文学杂志〉复刊卷头语》，《朱光潜全集》第9卷，安徽教育出版1993年版，第242页。

④ 杨振声：《今日中国文学的责任》，《杨振声选集》，人民文学出版社1987年版，第283页。

⑤ 吴福辉：《"平津文坛"漫议》，《现代中文学刊》，2012年第1期。

的关系作喻，"人生好比土壤，文艺是这上面开的花"，①从而认为文学是人生的表现，是人生世相的返照，"离开人生便无所谓艺术。"②沈从文则认为"一切作品皆应植根在'人事'上面。一切作品皆必然贴近血肉人生。"③李健吾认为"一出好戏是和人生打成一片的"，④进而直接地宣布在人生与艺术之间，"一切是工具，人生是目的"。⑤因为强调文学与人生的关系，京派文学积极地介入社会人生，描摹人生世相，表现出一定的功用意识。就在左翼作家批评京派文学是"沙龙"里绅士淑女的玩意儿，把京派作家的生活想象成"大概是很'雅'的"⑥同时，京派文学家以自己的创作实践不声不响地驳斥了对方，他们既写乡村社会又写都市人生，既写高门巨族又趋向"少受教育分子或劳力者"⑦的生活，其文学触角已经伸展到不同的社会阶层和广阔的人生领域。京派作家涉猎广阔的人生，很合乎他们对传统的"文以载道"中"道"的理解。他们认为这里的"道"不是"道德教训"，而是"人生世相的道理"，而世上没有其他东西能比文艺更能给人深广的人生观照和了解，由此主张与其说是"文以载道"，不如说是"因文证道"。⑧也许正是秉持着这种"道"的理解，当人生的文学在二十世纪二十年代末趋向没落，特别是流入趣味主义的泥淖时，一向对文学的功利主义有所不屑的

---

① 朱光潜：《自由主义与文艺》，《朱光潜全集》第9卷，安徽教育出版社1993年版，第482页。

② 朱光潜：《"慢慢走，欣赏啊！"——人生的艺术化》，《朱光潜全集》第2卷，安徽教育出版社1987年版，第91页。

③ 沈从文：《论穆时英》，《沈从文全集》第16卷，北岳文艺出版社2002年版，第233页。

④ 李健吾：《文明戏》，《李健吾批评文集》，珠海出版社1998年版，第152页。

⑤ 李健吾：《〈使命〉跋》，《李健吾批评文集》，珠海出版社1998年版，第158页。

⑥ 胡风：《蜈蚣船》，《胡风评论集》（上），人民文学出版社1984年版，第139页。

⑦ 林徽因：《〈文艺丛刊小说选〉题记》，陈学勇编：《林徽因文存》（散文书信评论翻译），四川文艺出版社2005年版，第143页。

⑧ 朱光潜：《文学与人生》，《朱光潜全集》第4卷，安徽教育出版社1987年版，第162页。

沈从文却倡导起文学的功利性——"文学的功利主义已成为一句拖文学到卑俗里的言语，不过，这功利若指的是可以使我们软弱的变成健康，坏的变好，不美的变美，就让我们从事于文学的人，全在这样同清高相反的情形下努力，学用行商的眼光注意这社会，较之在朦胡里唱唱迷人的情歌，功利也仍然有些功利的好处。"①

其次，京派关注文学与政治的关系。一般来讲，京派主张文学远离政治。其中的原因在于，一是担忧文学在与政治的结合中，会成为政治的附庸和点缀，沦为政治的工具，文学丧失了自身的独立性；二是担忧政治对文学的压抑——经过作家主体的中介，对作家的写作方式造成压迫。京派作家遵循的是从"思"字出发的用笔方式，而政治压抑下的文学写作"却必需用'信'字起步"，②从而导致创作主体自由性的丧失。这两种"担忧"使京派对政治始终保持着高度警惕，甚至不无厌恶之感。但京派作家又普遍意识到，在当时一个"出乎文学，入乎政治，出乎政治，入乎文学"的时代，文学不可能不在宽泛意义上与政治发生联系。李健吾曾说道："文学不是绝缘体，一切人类的现象都是它的对象。在这些现象之中，政治是一块吸力最大的磁石。"③因为强调文学与人生的联系，而政治无疑是人类社会生活中一个最为重要的领域，由此对于文学与政治的结合京派也并不是一味地反对。在京派作家中，沈从文是对文学政治化反对最多也最为有力的作家，但他也曾明确表明"个人对于诗与政治结合""表示同意"。④作为理论家的朱光潜，在《文艺心理学》中以两章的篇幅探讨

---

① 沈从文：《窄而霉斋闲话》，《沈从文全集》第17卷，北岳文艺出版社2002年版，第40页。

② 沈从文：《致吉六——给一个写文章的青年》，《沈从文全集》第18卷，北岳文艺出版社2002年版，第519页。

③ 李健吾：《关于鲁迅》，《李健吾批评文集》，珠海出版社1998年版，第232页。

④ 沈从文：《谈现代诗》，《沈从文全集》第17卷，北岳文艺出版社2002年版，第478页。

"文艺与道德"的问题，而其中的"道德"实际上指涉的就是"政治"。①可以说，京派以较大的热情参与了20世纪中国文学与政治关系的建构，在这种建构中，一方面出于对文学本体性的珍视始终对政治作为外力侵入文学持反对和排斥的态度，但另一方面，当政治成为作家的信仰，凝定为作家的生命体验时，他们对文学与政治的结合持的则是肯定和赞赏的态度。沈从文在《记胡也频》《记丁玲》中就充分肯定了他们的文学探求，他曾反问道："把文学凝固于一定方向上，使文学成为一根杠杆，一个大雷，一阵风暴，有什么不成？"紧接着这样回答："文学原许可作这种切于效率的打算。文学虽不能综合各个观点不同的作者于某一方面，但认清了这方向的作者，却不妨在他那点明朗信仰上坚固顽强支持下去。"②在这里，我们再次发现京派对文学功利性的认可，甚至被他们一度强烈非议过的文学工具化也得到了一定程度上的肯定。同样是沈从文，在抗战相持时期预言中国抗战必胜"乐观是有理由的"，其原因就是所谓的日本"支那通""把近代中国由于文学革命以后，将文学当作工具，从各方面运用，给国民的教育，保有多少潜力这一件事根本疏忽了"。③

　　以上所述，京派在对文学与人生、文学与政治的关系的思考中，一定意义上表现出对文学功利性的认同。但这里需要辨析的是，京派注重文学与人生的联系，对文学与政治关系的关注，分别与"人生派"文学所主张的文学为人生、左翼文学所强调的文学为革命、为阶级等又有着本质的区别。在文学与人生之间，京派一方面注重文学与人生的联系，另一方面则

---

　　① 朱光潜在1981年读《文艺心理学》的校样时写道："讨论文艺与道德关系的七、八两章，是在北洋军阀和国民党专制时代写的，其中的'道德'实际上就是指'政治'。"参见"作者补注"，《朱光潜全集》第1卷，安徽教育出版社1987年版，第325页。

　　② 沈从文：《记丁玲》，《沈从文全集》第13卷，北岳文艺出版社2002年版，第117–118页。

　　③ 沈从文：《给一个广东朋友》，《沈从文全集》第17卷，北岳文艺出版社2002年版，第314页。

反对文学为人生。在新文学发生后不久，面对文坛上"为人生派"和"为艺术派"的分野，周作人就曾指出"人生派"文学容易讲到功利里去，他们以文艺为伦理的工具从而变成坛上的说教，由此提倡"人生的艺术派"，①既不必使文学隔离人生，也不必使文学服侍人生，"只任他成为浑然的人生的艺术便好了"。②朱光潜则认为"使文艺植根于人生沃土上，是一回事；取教训的态度，拿文艺做工具去宣传某一种道德的、宗教的或政治的信条，又另是一回事。这个分别似微妙而实明显。"③他援引布洛的"距离说"，将"距离"作为人生与文学间的中介，在他看来，传统的文以载道说、文学工具论以及极端的写实主义之所以失败，就在于这些丧失了文学与人生之间的距离，基于此，他提出了著名的"人生的艺术化"的主张。④无论是周作人的"人生的艺术派"，还是朱光潜的"人生的艺术化"，都体现出京派对"为人生"的文学所具有的功利性的警惕和反对，在他们主张的背后，实质上潜伏的正是京派在文学上的一种"不为"的精神和态度。而对于文学与政治，京派虽然不反对文学与政治的结合，但他们更多强调的是文学对政治的重塑。沈从文在《怀塔塔木林》《试谈艺术与文化》中都曾表露过"艺术重造政治"的理想，就在他赞成诗与政治结合的《谈现代诗》一文中更是明确地表示诗与政治的结合应该再进一步，诗人应该"不是为'装点政治'而出现，必需是'重造政治'而写诗"。此文写于1947年，因此在三十、四十年代，沈从文是始终如一地坚持着自

---

① 周作人：《新文学的要求》，张明高，范桥编：《周作人散文》第2集，中国广播电视出版社1992年版，第136页。

② 周作人：《自己的园地》，张明高，范桥编：《周作人散文》第2集，中国广播电视出版社1992年版，第228页。

③ 朱光潜：《理想的文艺刊物》，《朱光潜全集》第3卷，安徽教育出版社1987年版，第432页。

④ 朱光潜：《"慢慢走，欣赏啊！"——人生的艺术化》，《朱光潜全集》第2卷，安徽教育出版社1987年版，第91页。

己所宣称的"好的文学作品照例应当具有教育第一流政治家的能力"[①]的信仰。对于左翼作家所高唱入云的文学担负着巨大的社会历史使命，京派作家在根本上是否定的。朱光潜在抗战时期谈及三十年代因"静穆说"与鲁迅发生的分歧时说："但文学其实并不具有这种伟大的功能。政治的目的应当用政治的手段去实现，而我们中国人从传统上总是过分夸大文学的力量，统治者也因此总是习惯于干预、摧残文学，结果是既于政治改革无效，也妨碍了文学自身的发展。"[②]由此，我们发现京派对文学与人生、文学与政治总是在进行着双向度的思考，一方面强调他们之间的联系，另一方面则是主张文学对人生和政治的超越性。

正是基于对文学与人生、文学与政治的这种双向思考，京派的文学功利观呈现出复杂性的特点。应该说众多的研究者已充分注意到了这点，比如"介入意识"和"超越意识"说，[③]"由狭隘功用观转向广义功用观""由入世功用观转向出世功用观""由外在功用之证明转向内在功用之倡导"的"三种转移"说，[④]等等，但问题在于这些复杂性特点并不能等同于京派的文学功利观本身。那么，京派到底对文学持着怎样的功用意识呢？

在京派作家看来，文学的本质意义从其起源上讲就是作者的感情的表现。周作人在1923年后文学观发生转向，提出"自己的园地"的文学观，其要义即是文学是以自己为主人，表现情思而成为艺术的。坚定地认为文学只有情感、没有目的。朱光潜认为"文艺是情感的自由发展的区域"。[⑤]

---

① 沈从文：《新废邮存底·给一个军人》，《沈从文全集》第17卷，北岳文艺出版社2002年版，第328页。

② 金绍先：《"曲终人不见，江上数峰青"——忆朱光潜与鲁迅的一次分歧》，转引自商金林：《朱光潜与中国现代文学》，安徽教育出版社1995年版，第181页。

③ 张大伟：《"超越意识"与"介入意识"——"京派"的文学作用论》，《甘肃社会科学》，2001年第1期。

④ 刘峰杰：《论京派批评观》，《文学评论》，1994年第4期。

⑤ 朱光潜：《文艺心理学》，《朱光潜全集》第1卷，安徽教育出版社1987年版，第312页。

杨振声的看法是"支配人类的行为与思想最有力的是情感","而读品中刺激情感最有力的是文学"。①沈从文则认为自己作品最好的读者除了刘西渭外,"当是一位医生,一个性心理分析专家,或一个教授,如陈雪屏先生",因为他们从中得到或知道了一份"'情感发炎'的过程记录"。②京派作家共同服膺于"情感表现说"的文学理论,缘于这种认识,他们对文学功用的看法就不可能像人生派文学或左翼文学表现的那样急功近利,他们总是以"无所为而为"的精神和态度去看待文学活动,从而在文学功用观上表现出相同的趋向,这种趋向即是:文学所能发挥的只是一种润物细无声的"情感教育"的作用。对此,京派各家都给出了非常明确的阐述,其中以周作人、朱光潜和沈从文的意见最具有代表性。

最早作出这种认识的是周作人,他把这一作用说成是"无形的功利"。周作人在提出"自己的园地"文学观后,他说这种文学观的本意不是"为福利他人而作",但能使他人引起共鸣而得到"精神生活的充实而丰富",因而具有"独立的艺术美与无形的功利"。③这其中的因由在于这种文学表现了著者"对于人生的情思",可以"使读者能得艺术的享乐与人生的解释"。④与周作人的"无形的功利"说相比,朱光潜的说法则更趋明朗。在《文艺心理学》中探讨文艺与道德时,他首先认为情感的势力比理智要强大,所以文艺对人的影响要更加深广。对于文艺的这种影响作用,他赞同托尔斯泰的说法,"在传染情感,打破人与人

---

① 杨振声:《今日中国文学的责任》,《杨振声选集》,人民文学出版社1987年版,第285页。

② 沈从文:《〈看虹摘星录〉后记》,《沈从文全集》第16卷,北岳文艺出版社2002年版,第344页。

③ 周作人:《自己的园地》,张明高、范桥编:《周作人散文》第2集,中国广播电视出版社1992年版,第228页。

④ 周作人:《新文学的要求》,张明高、范桥编:《周作人散文》第2集,中国广播电视出版社1992年版,第136页。

之间的界限。"①并进一步将其具体化为文艺可以"伸展同情、扩充想象，增加对于人情物理的深广真确的认识"②三个方面。而在《自由主义与文艺》一文中更是旗帜鲜明地反对拿文艺做宣传的工具或逢迎阿谀的工具，认为"文艺自有它的表现人生和怡情养性的功用"，并将这种功用视为文艺的"自家园地"。③对于文学的功用明确使用"情感教育"这一说法的是沈从文。在《文学与青年情感教育》中他通过检视新文学运动史，发现自梁启超的文体革命到抗战时期的文学，新文学与政治联系紧密，成绩终究不好，但文学与政治相比，特别在青年人中，在情感上所发生的影响，进而在行为上有所表现实是较深，由此让人明白语体文中的文学作品对当时或明日的"国家发展"和"青年问题"如何不可分或可能起些什么作用。④毋庸置疑，沈从文在此流露出的正是他对文学功用的一般看法。

京派作家既然确立了文学只具有情感教育作用的文学功用意识，那么文学究竟该以怎样的情感去对读者施以教育就成为了一个非常重要的问题摆在他们的面前。对此，他们一方面受到希腊文化的影响，⑤另一方面也受"五四"时期蔡元培的"以美育代宗教"思想的影响，他们在其文学理想中共同倡导起"美"与"爱"——相信美即是善，而爱则"能重新黏合

---

① 朱光潜：《文艺心理学》，《朱光潜全集》第1卷，安徽教育出版社1987年版，第324页。

② 朱光潜：《文艺心理学》，《朱光潜全集》第1卷，安徽教育出版社1987年版，第325页。

③ 朱光潜：《自由主义与文艺》，《朱光潜全集》第9卷，安徽教育出版社1993年版，第482页。

④ 沈从文：《文学与青年情感教育》，《沈从文全集》第17卷，北岳文艺出版社2002年版，第177–178页。

⑤ 京派作家基本上都推崇希腊文明，周作人和朱光潜对希腊文明的精神特点各自给出了相近的看法，即"爱美的精神"和"爱知"。参见周作人《希腊闲话》和朱光潜《苏格拉底在中国（对话）——谈中国民族性和中国文化的弱点》。

人的关系"。①面对现代中国的种种忧患图景，京派作家更为忧心的是识美知爱的人太少。"'美'字笔画并不多，可是似乎很不容易认识。'爱'字虽人人认识，可是真懂得他意义的人却很少。"②许多人总是被政治、金钱和宗教所拘囿，他们所需的只是"生活"，对于"生命"则无什么特殊理解。对于现代中国社会之所以闹得如此糟糕，坚信不完全是制度的问题，"大半由于人心太坏"，因此要"洗涤人心"，"一定要从'怡情养性'做起，一定要于饱食暖衣、高官厚禄等等之外，别有较高尚、较纯洁的企求。要求人心净化，先要求人生美化"。③正是基于这样的隐忧，京派作家以超出习惯的"心"与"眼"，在文学功用意识上超越特定的政治利益或具体的经济行为，转而希望以文学的审美和道德的力量达到社会的启蒙和人性的救治。

关于"美"与"爱"的理论，沈从文对之阐述得尤为充分。首先是"美"与"爱"的产生。他说，宇宙同人心，复杂难辨，但目的显明，都是求生命永生。而永生的意义，要么表现为精子游离而成子嗣的生命延续，要么表现为凭借不同材料产生文学艺术，这些看似相异，但实质相同，都是源于"爱"的结果。而"一个人过于爱有生一切时，必因为在一切有生中发现了'美'，亦即发现了'神'"。④而对于"美"的存在，他认为无所不在，"凡属造形，如用泛神情感去接近，即无不可见出其精巧处和完整处。"并由此得出生命之最高意义，即是这种"神在生命中"的认识。⑤但在现代社会，很多人只知道在"实在"上（指金钱、宗教和政治等）讨生活，从不追问生命该如何使用才觉更有意义，因此"在一切政

① 沈从文：《从现实学习》，《沈从文全集》第13卷，北岳文艺出版社2002年版，第375页。

② 沈从文：《昆明冬景》，《沈从文全集》第17卷，北岳文艺出版社2002年版，第270页。

③ 朱光潜：《谈美》，《朱光潜全集》第2卷，安徽教育出版社1987年版，第6页。

④ 沈从文：《美与爱》，《沈从文全集》第17卷，北岳文艺出版社2002年版，第359页。

⑤ 沈从文：《美与爱》，《沈从文全集》第17卷，北岳文艺出版社2002年版，第360页。

治、哲学、美术的背后都给一个'市侩'人生观在维护",从而导致了
"神的解体"。①最后他指出倡导"美"与"爱"的目的所在。因为在"神
之解体"的时代,"世上多斗方名士,多假道学,多蜻蜓点水的生活法,
多情感被阉割的人生观,多阉宦情绪,多无根传说。"②因此倡导以美与爱
的新宗教来实现人的重造和国家民族品德的重造。除沈从文外,朱光潜、
萧乾等人对美与爱都有所阐发,他们一致将艺术的美与善并举,认为美的
欣赏本身就是一种潜意识的教育,从而越出形式主义的藩篱,最终形成具
有京派特色的文学理想。

在新文学发展史上,"五四"时期的"问题小说"家们面对思想闸
门开启时出现的种种社会人生的问题,就曾在他们的创作中对此开出了
"美"和"爱"的"药方",企望用"美"和"爱"来弥补社会人生的缺
陷,净化人生,已经体现出较为朴素的理性主义色彩。但与问题小说作
家相比,京派作家对"美"和"爱"的艺术表达更具理论上的自觉。在
文学创作上,他们首先自觉地以此作为他们的创作动机和目的,从沈从
文到新时期复出的汪曾祺,在他们的创作实践中都一以贯之。沈从文在
讲到自己为什么写作时,说到这样的一段话:"因为我活到这世界里有
所爱。美丽,清洁,智慧,以及对全人类幸福的幻影,皆永远觉得是一
种德性,也因此使我对它崇拜和倾心。这点情绪同宗教情绪完全一样。
这点情绪促我来写作,不断的写作,没有厌倦,只因为我将在各个作品
各种形式里,表现我对于这个道德的努力。人事能够燃起我感情的太多
了,我的写作就是颂扬一切与我同在的人类美丽与智慧。"③正是抱着这
样创作动机,所以他在写《边城》时,主要表现的只是"一种'人生的

---

① 沈从文:《美与爱》,《沈从文全集》第17卷,北岳文艺出版社2002年版,第
361页。

② 沈从文:《美与爱》,《沈从文全集》第17卷,北岳文艺出版社2002年版,第
361页。

③ 沈从文:《萧乾小说集题记》,《沈从文全集》第16卷,北岳文艺出版社2002年
版,第325页。

形式'，一种'优美，健康，自然，而又不悖乎人性的人生形式'"，其主意只是借边地小城的几个凡夫俗子被一件人事所牵连，各人应有的一分哀乐，来"为人类'爱'字作一度恰如其分的说明"。①汪曾祺在新时期复出后所写的《受戒》《大淖纪事》等作品，其创作目的也非常明确，即"写的是美，是健康的人性"，因为他相信美和人性是任何时候都需要的。②除创作外，京派作家甚至将"美"与"爱"的倡导也贯穿在他们的学术研究和文学批评等活动中。朱光潜在三十、四十年代写的《文艺心理学》《谈美》《诗论》等著作，是典型的学术研究，但其中有"一个很单纯的目的，就是研究如何'免俗'"，如何用"人生艺术化"的美学力量，达到"洗涤人心之坏"的效果。③而在文学批评中，京派批评家李长之对美学或美育也是十分热切，认为"美学上的原理，大而关系整个民族的世界观，人生观；小而关系各个国民的起居饮食"。④由此在文学批评中自觉地以审美教育来企图实现对国民和文化的重新铸造。

京派以"美"和"爱"实施情感教育的文学功用观，在暴风骤雨的现代中国不可避免地与时代隔了一层，而在新文学跨越1949年后，在特定的历史语境中，这一文学理想注定也是无所适从。但这里需要指出是，京派虽然在二十世纪四十年代末已走向终结，但京派的这一文学理想在战后仍然得到了延续，正如有研究者指出的那样，他们主要以西南联大的学生为主，一是以穆旦、袁可嘉、汪曾祺、王佐良等为代表的北方青年作家群，再是当时从国统区去国继续学业的青年作家，如鹿桥、熊秉明、程抱一

---

① 沈从文：《习作选集代序》，《沈从文全集》第9卷，北岳文艺出版社2002年版，第5页。

② 汪曾祺：《关于受戒》，《汪曾祺文集》（文论卷），江苏文艺出版社1993年版，第228页。

③ 朱光潜：《谈美》，《朱光潜全集》第2卷，安徽教育出版社1987年版，第6页。

④ 李长之：《李长之批评文集》，珠海出版社1998年版，第316页。

等，他们的艺术追求明显延续了京派影响。①这两群作家的分别是，留在大陆的穆旦、汪曾祺等人所受京派的影响无法在二十世纪五十至七十年代继续展开，但置身异域的鹿桥等人却在他们的艺术创作中继续延续京派的文学理想。比如在战后创作而此时期在台港正风行的鹿桥的《未央歌》除其"情调小说"的艺术特质与京派有高度相似之外，它实际上还宣扬了"美"和"爱"的情感，正如作者所说的那样，这部小说里是"只有爱没有恨，只有美没有丑的"。②除此之外，我们也许还应提到一位钟情爱美的台湾作家白先勇。在中国现代作家中，白先勇非常推崇沈从文的小说，认为沈从文最好的几篇小说比鲁迅的《呐喊》《彷徨》"更能超越时空，更具有人类的共性"。③而白先勇在谈到文学具有什么作用时，竟与京派作家高度一致。他说，"如果一定要说读小说有什么'用'，大概小说的最大用处是一种'情感教育'，读了一些伟大的小说，使我们的情感比较成熟敏锐，对人生的理解比较深刻。"④如此看来，在京派文学理想处于真空的二十世纪五十至七十年代，京派这一重要的文学思想资源并未在新文学传统的历史河流中失语，其文学功用观仍然在新文学的异域空间里得到了回响。

---

① 黄万华：《"京派"的终结和战后中国文学的转型》，《文学评论》，2011年第2期。

② 鹿桥：《六版再致未央歌读者》，《未央歌》，黄山书社2007年版，第6页。

③ 白先勇：《天天天蓝》，《白先勇文集》第4卷，花城出版社2000年版，第55页。

④ 白先勇：《谈小说批评的标准》，《白先勇文集》第4卷，花城出版社2000年版，第203页。

第四章　京派文学创作思想主体论

京派是在中国现代文学史上有着重大创作实绩的文学流派，京派文学
创作思想则是京派作家群体在丰富的文学创作实践活动中对自我文学创作
的理论总结，作为这一思想，本身应该包含着极为丰富的内容，但在总体
上可以归入到文学的创作主旨和文学的艺术探求两个层面。在文学创作主
旨的确立上，京派承续了"五四"时期的"人的文学"观念，在中国现代
文学所表现出来的人的意识分化的进程中，京派展现了对"人"的独特理
解，并在具体的文学创作中形成了"用人心人事作曲"[①]的文学创作理
念。京派对中与西、传统与现代采取双向审视的眼光，在放眼西方现代文
学艺术的同时珍视中国传统文学艺术的魅力，并以自身的艺术实践忠实践
行起传统的创造性转换这一重大的文学课题，其中的理论探索为中国现代
文学的艺术探求提供了卓有成效的艺术经验。京派作家正是秉持着这些独
特的文学创作理念，从而成就了自家文学在中国现代文学史上的独特艺术
品格。

---

① 沈从文：《论技巧》，《沈从文全集》第16卷，北岳文艺出版社2002年版，第
472页。

第一节　"用人心人事作曲"

京派作家沈从文认为其创作最好的读者，是评论家刘西渭先生和音乐家马思聪先生，因为他们"能超越世俗所要求的伦理道德价值"，从其作品中"看到一种'用人心人事作曲'的大胆尝试"；其作品合乎理想的读者，"当是一位医生，一个性心理分析专家，或一个教授"，因为他们从中可以"'知道'或'得到'""一分'情感发炎'的过程记录"。①显然，沈从文是自觉地将自己创作视为"用人心人事作曲"的，他的上述言说其实在内外两面强调了其文学创作的理念和追求，在文学的内容层次上他立足于"人心人事"的书写，而形于外则是采用"作曲"的方法。尽管他自认为自己对于音乐是个不折不扣的外行，但他坚信一支曲子的进行和其发展过程，除了用音符排比外，或还容许"用文字如此或彼此试作处理"。②应该说，沈从文对自我创作的这种理性认知对于京派作家的文学创作而言具有某种普遍的指向意义，在很大程度上是可以视为代表京派作家群体对文学创作所作的一个理想宣言。

"人心""人事"的基点是人，京派作家在其文学观里首先确立的就是"文学是人学"的观念，延续着"五四"新文学所开创的"人的文学"这一重大主题。他们认为"在艺术上，重要的是时代和社会，然而更重要的，却是人。一部小说可以具有时代与社会的背景或使命，但是有人出而完成"。③正

---

① 沈从文：《〈看虹摘星录〉后记》，《沈从文全集》第16卷，北岳文艺出版社2002年版，第343–344页。

② 沈从文：《〈看虹摘星录〉后记》，《沈从文全集》第16卷，北岳文艺出版社2002年版，第343页。

③ 李健吾：《旧小说的歧途》，《李健吾批评文集》，珠海出版社1998年版，第75页。

是出于对人的强调，他们在现代社会的历史进程中，对政治和经济始终保持着有距离的，甚至超然的立场，将人性作为他们透视社会人生的钥匙。在对社会人生的凝神观照中，他们一方面描摹人生世相，展现人生的各种形式，另一方面又将笔触深入到的人的灵魂深处和意识边际，发现人性，那种"用人心作水准，用人事作比较"①的理念和追求是广泛渗入其创作的。

沈从文明确地表明小说创作应该包含着社会现象和梦象。他给小说所下的定义是："用文字很恰当记录下来的人事。""因为既然是人事，就容许包含两个部分：一是社会现象，便是说人与人相互之间的种种关系；二是梦的现象，便是说人的心或意识的单独种种活动。单是第一部分容易成为日常报纸记事，单是第二部分又容易成为诗歌。必须把人事和梦两种成分相混合，用语言文字来好好装饰剪裁，处理得极其恰当，才可望成为一个小说。"②这里的"恰当"指的是构建小说的艺术原则，而主旨正是"人事和梦"，在将"人"置于小说创作的中心地位的同时，也指出了"人事"和"人心"的具体内涵。

"人心人事"是在特定的社会人生中表现出来的。京派作家关注文学与人生的联系，对于两者的关系，朱光潜曾譬喻为花与土壤的关系。他说："人生好比土壤，文艺是这上面开的花，花的好坏有赖于土壤的贫瘠，但是花的生发是自然的生发，水到渠成，是怎样的人生观照就产生怎样的文艺。"③他认为"艺术是情趣的表现，而情趣的根源就在人生"，因此离开了人生也就"无所谓艺术"了。④由此他对传统的"文以载道"观

---

① 沈从文：《论技巧》，《沈从文全集》第16卷，北岳文艺出版社2002年版，第472页。

② 沈从文：《短篇小说》，《沈从文全集》第16卷，北岳文艺出版社2002年版，第493页。

③ 朱光潜：《自由主义与文艺》，《朱光潜全集》第9卷，安徽教育出版社1993年版，第482页。

④ 朱光潜：《"慢慢走，欣赏啊！"——人生的艺术化》，《朱光潜全集》第2卷，安徽教育出版社1987年版，第91页。

念中的"道"作了独特的理解，认为这"道"非"道德教训"，而是"人生世相的道理"，所以与其说"文以载道"，不如说"因文证道"。①显然，在朱光潜的意见里，文学就是表现社会人生世相的。而京派作家正是在注目社会人生世相中，将"人事"置于文学创作的重要位置上。沈从文认为"一切作品皆植根于'人事'上面，一切伟大作品皆必然贴近血肉人生"。②对于明日新的文学经典的产生，他说，"既为人而预备，很可能是用'人事'来说明的。"③萧乾也强调创作需对人事作深刻的理解和体味，认为"对于人事有浓厚的兴趣似是文学者一个有利的条件"，④而"一个对人性，对社会没有较深刻理解的人，极难写出忠于时代的作品"。⑤京派作家对文学创作的这一理论自觉，促使他们在创作中倾情演绎多方的人生和生命形式。

瞩目于京派作家所创造的文学世界，他们所涉猎的社会人生视域是极其广阔的，它们在总体上构成了乡村社会和都市文明的两极世界，但京派作家在这两极世界所表现的人生和生命形式却是大异其趣的。对于乡村社会这一极，京派作家表现的是一种"优美，健康，自然，而又不悖乎人性的人生形式"。⑥在这群乡下人的生命里，我们看见的是一群坚实的自然之子，他们有着单纯的情欲，粗犷的灵魂。对于此种人生和生

---

① 朱光潜：《文学与人生》，《朱光潜全集》第4卷，安徽教育出版社1987年版，第162页。

② 沈从文：《论穆时英》，《沈从文全集》第16卷，北岳文艺出版社2002年版，第233页。

③ 沈从文：《学习写作·新废邮存底》，《沈从文全集》第17卷，北岳文艺出版社2002年版，第332页。

④ 萧乾：《我与文学》，鲍霁编：《萧乾研究资料》，北京十月文艺出版社1988年版，第39页。

⑤ 萧乾：《我与文学》，鲍霁编：《萧乾研究资料》，北京十月文艺出版社1988年版，第37页。

⑥ 沈从文：《习作选集代序》，《沈从文全集》第9卷，北岳文艺出版社2002年版，第5页。

命，京派作家不吝自己的留恋之情。沈从文对此有着非常深情的讲述："我欢喜同《会明》那种人抬一箩米到溪里去淘，看见一个大奶肥臀妇人过桥时就唱歌。我羡慕《夫妇》们在好天气下上山做呆事情。我极高兴把一支笔画出那乡村典型人物的脸同心，如像《道师与道场》那种据说猥亵缺少端倪的故事。我的朋友上司就是《参军》一流人物。我的故事就是《龙朱》同《菜园》，在那上面我解释到我生活的爱憎。我的世界完全不是文学的世界；我太与那些愚暗、粗野、新犁过的土地同冰冷的枪接近、熟习，我所懂的太与都会离远了。"①而都市文明社会的人生与生命，在京派作家笔下则是"睡眠不足，营养不足，生殖力不足"。②他们是被现代文明和金钱所严重压抑的一群，只会在实在上讨生活，而全不懂生命的真正意义，所以表面上衣冠楚楚，道貌岸然，实际上却是"近于被阉割过"的生命，其"一切所为所成就，无一不表示对于'自然'之违反，见出社会的拙象和人的愚心。"③与对乡野世界的人生和生命的留恋和赞美不同，京派作家对这样的人生和生命形式表达了强烈的憎恶之情。

如果说对属于"社会现象"的"人事"的强调使京派作家创作在形于外上表现多方的人生和生命形式，那么对属于"梦象"的"人心"的关注则使他们将笔触深入到人的灵魂和意识深处。在京派作家看来，文学创作不止于书写外在表面的客观事物现象，它还常常描写那些非眼见的状态，即各种官能的感受、回忆和梦幻。"文学是梦"的观点是京派作家较为一致的认识。周作人在为废名的小说《竹林的故事》作的序中即指出："文学不是实录，乃是一个梦；梦并不是醒生活的复写，然而

---

① 沈从文：《生命的沫·题记》，《沈从文全集》第16卷，北岳文艺出版社2002年版，第306页。

② 沈从文：《八骏图·题记》，《沈从文全集》第8卷，北岳文艺出版社2002年版，第195页。

③ 沈从文：《烛虚》，《沈从文全集》第12卷，北岳文艺出版社2002年版，第14页。

离开了醒生活，梦也就没有了材料，无论所做的是反应的或是满愿的梦。"①而废名的创作观正是建立在"文学是梦"的基础上的，他说："著作者当他动笔的时候，是不能料想到他将成功一个什么。字与字，句与句，互相生长，有如梦之不可捉摸。然而一个人只能做他自己的梦，所以虽是无心，却是有因。结果，我们面对他，不免是梦梦。但依然是真实。"②沈从文则宣称创作"不是描写'眼'见的状态，而是当前'一切官能感觉的回忆'"③，要能"超越普通人习惯的心与眼，来认识一切现象，解释一切现象，而且在作品中注入一点什么，或者是对人生的悲悯，或者是人生的梦"④。与关注社会人生的"社会现象"的书写不同，"梦象"书写则主要潜入到人的意识领域，京派作家正是通过这种"梦忆"的方式展开了对人的灵魂和意识的探索。以沈从文的小说创作为例，他的小说就经常为那些已经消失的蛮荒历史、人类的记忆和梦幻的世界辩护。他自称《边城》是"纯粹的诗，与生活不相粘附的诗"，是将自己"某种受压抑的梦写在纸上"的故事，⑤而《长河》则是与其相对照的一个作品，"把最近二十年来当地农民性格灵魂被时代大力压扁扭曲失去了原来的素朴所表现的式样，加以解剖和描绘。"⑥这里无一不显示出他对人的灵魂深处和意识边际的深沉探索。

---

① 周作人：《〈竹林的故事〉序》，钟叔河编：《周作人文类编》③，湖南文艺出版社1998年版，第626页。

② 废名：《说梦》，王风编：《废名集》第3卷，北京大学出版社2009年版，第1155–1156页。

③ 沈从文：《连萃创作一集·序》，《沈从文全集》第16卷，北岳文艺出版社2002年版，第316页。

④ 沈从文：《学习写作·新废邮存底》，《沈从文全集》第17卷，北岳文艺出版社2002年版，第332页。

⑤ 沈从文：《水云》，《沈从文全集》第12卷，北岳文艺出版社2002年版，第111页。

⑥ 沈从文：《长河·题记》，《沈从文全集》第10卷，北岳文艺出版社2002年版，第5页。

京派作家对"梦象""人心"的探索，在根本上是以此对人性探幽烛微，发现人性，人性书写才是他们创作的旨归。人性是京派作家文学观念里一个非常重要的概念，所谓"生命流传，人性不易"，[①]文学表现永恒的人性则又是他们互相颇为一致的认识。沈从文声称自己"只想造希腊小庙。选山地作基础，用坚硬石头堆砌它。精致，结实，匀称。形体虽小而不纤巧，是我理想的建筑。这神庙供奉的是'人性'"。[②]沈从文的这段自我表白实是他将自己创作的取材、文体追求、创作主旨以及与世界文学的联系等作的一个形象的描述，其中主旨就是人性，并且这样的表白是广泛存在于他的创作谈之类的文章中的。关于这一点，杨振声也有同样的认识，他说："艺术的内容是什么？我敢大胆说一句，就是人性与礼教之冲突。"[③]而批评家李健吾则说自己"爱广大的自然和其中活动的各不相同的人性"[④]，而"作品应该建立在一个深广的人性上面，富有地方色彩，然后传达人类普遍的情绪"[⑤]。基于文学表现人性的认识，京派作家再次自觉地将其文学创作的触角伸入人的灵魂和意识深处。

就京派作家所表现的人性内容而言，他们对人性问题的理解，显然承续了周作人《人的文学》中所表达的对人性的认识。周作人强调人的灵肉二重性，认为健全合理的人性应该是兽性加神性。他说："我们承认人是一种生物。他的生活现象，与别的动物并无不同。所以我们相信人的一切生活本能，都是美的善的，应得完全满足。凡有违反人性不自然的习惯制度，都应该排斥改正。""但我们又承认人是一种从动物进化的生物。他的

---

① 沈从文：《〈看虹摘星录〉后记》，《沈从文全集》第16卷，北岳文艺出版社2002年版，第346页。

② 沈从文：《习作选集代序》，《沈从文全集》第9卷，北岳文艺出版社2002年版，第2页。

③ 杨振声：《礼教与艺术》，《杨振声选集》，人民文学出版社1987年版，第253页。

④ 李健吾：《〈以身作则〉后记》，《李健吾批评文集》，珠海出版社1998年版，第102页。

⑤ 李健吾：《〈以身作则〉后记》，《李健吾批评文集》，珠海出版社1998年版，第103页。

内面生活，比别的动物更为复杂高深，而且逐渐向上，有能够改造生活的力量。所以我们相信人类以动物的生活为生存的基础，而其内面生活，却渐与动物相远，终能达到高尚和平的境地。凡兽性的余留，与古代礼法可以阻碍人性向上的发展者，也都应该排斥改正。"①在京派作家所构筑的艺术世界里，我们所看到的人性也就是这种神性与兽性的二重奏。

　　如上所述，京派作家所构筑的艺术世界是乡村社会和都市文明这样的两极世界，他们对人性的探求也是在这两极世界中展开的，其间表现出对人性的美与丑两种不同的审美态度。在他们笔下，永远散发着人性的神性光辉的还是在一些乡村儿女身上。在京派作家所塑造的人物形象里，有两类人物值得关注，一类是天真烂漫的乡村少男少女，如废名笔下的柚子（《柚子》）、三姑娘（《竹林的故事》）、琴子、细竹和小林（《桥》），沈从文笔下的翠翠（《边城》）、夭夭（《长河》），萧乾笔下的荔子（《俘虏》）、环哥儿（《篱下》）等；另一类则是古风朴朴的长者，如废名笔下的陈老爹（《河上柳》）和沈从文笔下的老渡公（《边城》）等。这两类人物虽然对应着人类的童年和老年两个不同的时期，但在他们身上，却时时处处闪耀着"一念之本初"的童心未泯，古朴而美好，呈现出一派与自然、社会和自我相和谐的人性色彩。这是京派作家所讴歌赞美的人性。而在被现代文明浸染的都市，京派作家对于生活其间的人物的人性揭示则呈现出另一种面貌。一类是所谓的都市高等人物，他们精神空虚、道德沦丧，实是已经异化为两足的低等动物。沈从文的《绅士的太太》展现的就是衣冠社会人性的沦落，其创作目的正是为这些"高等人造一面镜子"②。另一类则是都市中的知识分子，他们表面上深得现代文明之真谛，但处处被现代文明所压抑，生命活力退化萎缩，人性严重扭曲。

---

　　①周作人：《人的文学》，张明高，范桥编：《周作人散文》第2集，中国广播电视出版社1992年版，第122页。
　　②沈从文：《绅士的太太》，《沈从文全集》第6卷，北岳文艺出版社2002年版，第213页。

沈从文的《八骏图》主要表现的就是这群"近于被阉割过的侍宦"①，从而对都市知识分子的人性因压抑而扭曲进行了深入的解剖。从总体上来看，京派作家对乡村世界和都市文明社会的人性揭示呈现美丑善恶的二元对立现象，但其间也有复杂性。当他们把目光投入到现代文明侵入下的乡土时，对于健康优美自然人性的失落也是无限感慨的。沈从文在《长河》中便表现出不同于《边城》的人性观照，他深深感到湘西世界在变化中所出现的堕落趋势，其中最明显的即是"农村社会所保有那点正直素朴人情美，几乎快要消失无余，代替而来的却是近二十年实际社会培养成功的一种唯实唯利庸俗人生观"②。其中感慨，我们不难发现京派作家由此所生发的一股不无悲怆的心情。

在以上京派作家所构筑的两极世界中，无论是他们在"人事"表现中所展现的人生和生命形式，还是在"人心"探索中所发现的人性，他们在审美情感上总是心仪乡村世界这一极，他们始终礼赞的是发生在乡村儿女身上的那种健康优美自然的人生和古朴美好的人性。京派作家形成这样的审美态度，与他们独特的审美视角是分不开的。京派作家多以"乡下人"自居，沈从文、萧乾和芦焚都曾表明自己是"乡下人"，其中最有代表性的还是沈从文。他说自己"实在是个乡下人"③，"走到任何一处照例都带了一把尺，一把秤，和普通社会权量不合。一切临近我命运中的事事物物，我有我自己的尺寸和分量，来证实生命的价值和意义。我用不着你们名叫'社会'为制定的那个东西。我讨厌一般标准，尤其是伪'思想家'

---

① 沈从文：《八骏图·题记》，《沈从文全集》第8卷，北岳文艺出版社2002年版，第195页。

② 沈从文：《长河·题记》，《沈从文全集》第10卷，北岳文艺出版社2002年版，第3页。

③ 沈从文：《习作选集代序》，《沈从文全集》第9卷，北岳文艺出版社2002年版，第3页。

为扭曲压扁人性而定下的庸俗乡愿标准。"①京派作家这种"乡下人"的自我认知并不纯粹是对作家身份的体认，更重要的是他们在其中所贯穿的一种审美道德情感。沈从文对自己的创作曾这样自报家门："请你试从我的作品里找出两个短篇对照看看，从《柏子》同《八骏图》看看，就可明白对于道德的态度，城市与乡村的好恶，知识分子与抹布阶级的爱憎，一个乡下人之所以为乡下人，如何显明具体反映在作品里。"②因此当京派作家以"乡下人"的自然人性眼光来审视周围的世界时，他们追寻的是那乡村社会人事中所散发出的那种与自然相谐和的理想境界，这样便自然对都市文明所造就的人事丑相生发强烈的憎恶情感。

京派作家用"人心人事"来建构自己的文学世界，其间浸润着的则是他们的文学抱负和理想。在他们看来，一个好的文学作品在"使人觉得在真美感觉以外，还得有一种引人'向善'的力量"，而所谓的"向善"就是能够让读者"从作品中接触了另外一种人生，从这种人生景象中有所启示，对'生命'能作更深一层的理解"③。京派作家在乡村社会和都市文明两极世界所展开的人生形式和人性的发现，他们在其中渗透的截然不同的审美情感，特别是对自然美好人性的讴歌和赞美，鲜明地传达出他们欲以美和爱来净化人心的艺术理想，进而表达着对人和民族品德重造的热望。沈从文曾深情地表达自己对文学的意见，他说："不管是故事还是人生，一切都应当美一些！丑的东西虽不全是罪恶，总不能使人愉快，也无从令人由痛苦见出生命的庄严，产生那个高尚情操。""人生应当还有个较高尚的标准，也能够达到那个标准，至少还容许在文学艺术上创造几个标

---

① 沈从文：《水云》，《沈从文全集》第12卷，北岳文艺出版社2002年版，第94页。

② 沈从文：《习作选集代序》，《沈从文全集》第9卷，北岳文艺出版社2002年版，第4页。

③ 沈从文：《短篇小说》，《沈从文全集》第16卷，北岳文艺出版社2002年版，第493页。

准"。①而他在文学创作里所埋设的标准就是美和爱，认为美就是善的一种形式，虽然"美丽总令人忧愁，然而还受用"②。对于《边城》这部充满着美和爱的作品，沈从文则期望着这样的读者，他们"应是有理性，而这点理性便基于对中国社会变动有所关心，认识这个民族的过去伟大处与目前堕落处，各在那里很寂寞的从事于民族复兴大业的人。③"由此，京派作家尽情呈现传统乡村社会儿女理想的人生形式，以此烛照出现代都市人生的病态，其意图正是将我们民族的过去和现在两相对照，从而来促使国家民族品德的重造。

京派作家对乡野世界人生形式和美好人性的赞美，由此所形成的文学视境和人性体验，使他们在创作上不约而同地要求写作趋于音乐化和诗歌化。沈从文称其创作："其间没有乡愿的'教训'，没有腐儒的'思想'，有的只是一点属于人性的真诚情感，浸透了矜持的忧郁和轻微疯狂，由此而发生种种冲突，这冲突表面平静内部却十分激烈，因之装饰人性的礼貌与文雅，和平或蕴藉，即如何在冲突中松弛其束缚，逐渐失去平衡，必在完全失去平衡之后，方可望重新得到平衡。时间流注，生命亦随之而动与变，作者与书中角色，二而一，或在想象的继续中，或在事件的继续中，由极端纷乱终于得到完全宁静。科学家用'热力均衡'来说明宇宙某一时节'意义之失去意义'现象或境界，我即借用老年人认为平常而在年青生命中永远若有光辉的几个小故事，用作曲方法为这晦涩名词重作诠注。"④联系京派作家的小说创作实践，沈从文所主张的"作曲"方法一方面表现

---

① 沈从文：《〈看虹摘星录〉后记》，《沈从文全集》第16卷，北岳文艺出版社2002年版，第342-343页。

② 沈从文：《〈看虹摘星录〉后记》，《沈从文全集》第16卷，北岳文艺出版社2002年版，第343页。

③ 沈从文：《边城·题记》，《沈从文全集》第8卷，北岳文艺出版社2002年版，第59页。

④ 沈从文：《〈看虹摘星录〉后记》，《沈从文全集》第16卷，北岳文艺出版社2002年版，第343-344页。

为京派作家在对"人心人事"书写时所采用的一种片段化的写法。他们打破小说以人物和事件为中心来结构的传统套路写法，主张尝试"生活大胆的断面"①的写法。这种对社会人生横断面的写法在某种意义上正如音乐的乐章一样，反复渲染和重奏，形成了一种极为开放性的文体结构。另一方面则表现为他们以诗词入小说的写作方法。比如废名称自己的艺术表现，"分明受了中国诗词的影响，我写小说同唐人写绝句一样。"②以诗词入小说不仅仅使小说在整体上呈现出诗词的意境色彩，诗词本身所具有的韵律节奏自然也成为京派作家在文学创作时的一种艺术追求。京派作家以"作曲"的方式创作，赋予了他们作品较强的音乐化特点。废名、沈从文的作品浸透着浓郁的牧歌氛围。而朱光潜评价芦焚的小说，也是认为其"具有牧歌风味的幽闲"③。徐志摩则称赞凌叔华的小说有"最恬静最耐人寻味的幽雅，一种七弦琴的余韵，一种素兰在黄昏人静时微透的清芬"④。

京派作家在创作理念上标举"用人心人事作曲"，并以自身的艺术实践进行了丰富的呈现。但需要补充提及的是，他们还结合自身创作实践，对表现"人心""人事"的具体艺术手法和艺术体式也作了一些带有理论性的探索。首先，他们强调了处理"人心""人事"应遵循恰当的艺术原则。沈从文认为小说要把属于社会现象的"人事"和属于梦的现象的"人心"两种成分相混合，要将其处理得极其恰当，只有这样才会成功一个作品。而如何才能恰当，他则认为"必需以'人性'作为准则。是用在时间

---

① 林徽因：《〈文艺丛刊小说选〉题记》，陈学勇编：《林徽因文存》（散文书信评论翻译），四川文艺出版社2005年版，第144页。

② 废名：《废名小说选·序》，王风编：《废名集》第6卷，北京大学出版社2009年版，第3268页。

③ 朱光潜：《〈谷〉和〈落日光〉》，《朱光潜全集》第8卷，安徽教育出版社1993年版，第561页。

④ 徐志摩：《花之寺·序》，转引自杨义：《京派海派综论》，中国社会科学出版社2003年版，第107页。

和空间两方面都'共通处多差别处少'的共通人性作为准则"①。强调共通人性在其中的基准作用，也就是强调在创作中要注意"人心"和"人事"的调和。从京派作家的创作实践来看，他们呈现的始终是一个充满着谐和的艺术世界，在他们笔下并不存在极端的人事和人心现象，这表明了京派作家在抒写时的一种既能分析又能节制的创作姿态。其次，在具体的艺术体式上，他们主张将"人心"和"人事"凸浮于地方的自然风景和民俗风情之中，探寻出一种糅小说故事游记散文为一体的新型小说文体。沈从文认为这样写出的作品容易产生影响，并对此表现出极大的信心，他说这种艺术探寻"在目前即缺少读者理解，到另外一代，还会由批评家发掘而出"②。而京派作家也以他们的自觉尝试和成功实践，使得他们的小说成为中国现代抒情体小说的典范之作。

第二节　传统的创造性转换

"京派"和"海派"作为中国现代文学史上的"双城记"，它们对西方文学的汲取，进而各自在文学上所体现出的艺术品格是大相径庭的。"海派"选取的是日本新感觉派小说和法国的现代派诗歌，注定了它的先锋性和洋化；"京派"则更多偏向西方前现代主义的作品，如古希腊文学、莎士比亚、福楼拜、哈代、屠格涅夫和契诃夫等，即使是现代主义的意识流、精神分析和存在主义等，也较多地只是表现为对其艺术技巧的运用，大凡以落叶无声、踏雪无痕的艺术方式融入自己的艺术世界。由此当我们

---

① 沈从文：《小说作者和读者》，《沈从文全集》第12卷，北岳文艺出版社2002年版，第68页。

② 沈从文：《一个边疆故事的讨论》，《沈从文全集》第17卷，北岳文艺出版社2002年版，第467页。

打开京派的文学世界，我们看到的是这样的一道奇异风景，一面是迎面扑来的满带着中国传统风味的古典主义气息，一面则是浸润了西方欧风美雨的现代之风，两者水乳交融，共同汇合成一幅中与西、传统与现代融合的艺术图景。就在这样的艺术图景里，我们发现京派在走向现代的进程中，成功地接续上了传统，他们一方面将传统融入现代，另一方面则又在现代中检视了传统。这些都最终归结于他们文学思想里的又一个重大的命题，这就是传统的创造性转换的问题。

与"五四"新文学先辈激烈地反传统的姿态不同，京派则以一种沉潜的心态看取传统。面对悠久的传统，他们的态度不是破坏和离析，而是整合和重构，始终保持着对传统的高度认同，进而对传统在整个民族文化和文学发展中所可能具有的支配力有着较为清醒的估计。京派作家的这一文化心态，在形成原因上与其内外两种"距离感"的存在不无关联。在内是他们与"五四"历史语境的"距离"。京派作家群体与"五四"的关系，显然他们是承续"五四"启蒙主义思想影响的一代，但当他们以一支文学中坚力量登上历史舞台时，"五四"时期极端否定传统的历史语境毕竟与他们有了一段距离，并且因为这一"距离"，使他们可以更从容地对"五四"文学脱离传统的偏至做出更为清醒的判断。在外则因长期置身异域的经历使京派群体与传统文化母体又形成了一种"距离感"，一种非身在其中的感受使他们对传统生发出无限的留恋。京派同人中除废名、沈从文等少数人外，大都有着留学欧美的经历，但置身世界现代主义的中心，时时让他们深感怀念的还是传统。京派批评家梁宗岱就曾明确地表达了这种心迹，他说自己虽然置身国外五六年，并且几乎每日都和欧洲的大诗人和思想家过活，"可是每次回到中国诗来，总无异于回到风光明媚的故乡，岂止，简直如发现一个'芳草鲜美，落英缤纷'的桃源，一般地新鲜，一般地使你惊喜，使你销魂。"[①]

---

① 梁宗岱:《论诗》，《梁宗岱文集》（Ⅱ），中央编译出版社2003年版，第30页。

其实无论是梁宗岱还是朱光潜，他们都非常自豪地认为中国诗的成就是不让与世界任何民族和任何国度的文学的。可以说，这内外两面的"距离感"使京派作家对传统有着全新的审视眼光，在中西文化的交汇中，他们固然不看轻现代，但也绝对不菲薄传统，并以自身的艺术活动忠实践行起传统的创造性转换这一重大的艺术创造工程。

京派关注传统的契机在于对"五四"的反思。"五四"毫无疑问是一个除旧布新的时代，但它在大量输入西方现代的过程中出现的"大体上是一面倒，被某一种民族情绪所推动，做乐观的一面倒"的现象，"就是它把西方的传统引进中国之后，把它看得太过乐观，没有把西方理论传统里面产生的一些比较怀疑的那些传统也引进来。"①他们倒向的是西方，背离的是传统，结果一方面造成对西方现代性缺乏深沉的思考，另一方面又造成对自己民族传统相当程度上的无视。这反映到"五四"新文学上来，给新文学自身所带来的内在缺陷是非常严重的。朱光潜在《现代中国文学》②中直言不讳地指出："五四"时期"西方影响的输入使中国文学面临着一个极严重的问题，就是传统。我们的新文学可以说是在承受西方传统而忽略中国固有的传统。"他检视新文学史，对翻译文学肯定较多，对于创作方面，则认为成绩总不算好。其中新诗受西方文学影响最为显著，但因对西诗不完全正确的认识产生了一些"畸形的发展"；戏剧则完全是舶来品，最成功的算曹禺，但模仿西剧痕迹有时太浓，情节有时太繁复。之于其中原因正是它们脱离传统使然。相比较而言，小说成就相对较好，而原因"或许小说多少还可以接得上中国的传统"。这种对"五四"文学的观感充分表明朱光潜对"五四"新文学无视传统的倾向进行了严厉的审视。那么应该如何看待传统以及它在新文学发展中的地位和作用？朱光潜指出："互相影响原是文化交流

---

① 李欧梵：《徘徊在现代和后现代之间》，上海三联书店2001年版，第153-154页。

② 朱光潜：《现代中国文学》，《朱光潜全集》第9卷，安徽教育出版社1993年版，第327页。

所必有的现象，中国文学接受西方的影响是势所必至，理有固然的。但是完全放弃固有的传统，历史会证明这是不聪明的。文学是全民族的生命的表现，而生命是逐渐生长的，必有历史的连续性。所谓历史的连续性是生命不息，前浪推后浪，前因产后果，后一代尽管反抗前一代，却仍是前一代的子孙。历史上还没有一个先例，让我们可以说是一国文学在某一个时代和它的整个的过去完全脱离，只承受一个外国的传统，它就能着土生根。"他甚至充满豪情地宣称中国过去的文学，尤其是诗，"是可以摆在任何一国文学旁边而无愧色"，而这长久的光辉的传统难道就不能发生一些影响，让新文学家学得一点门径，这是值得新文学者深思的一个问题。由此可见，在朱光潜的理想里，强调新文学在承受西方影响的同时应该时刻注意与传统的连接正是他所期望的新文学的努力方向。与朱光潜一样，李长之对"五四"以来的文学也不甚满意。他认为"五四"文学"没有发挥深厚的情感，少光，少热，少深度和远景，浅！在精神上太贫瘠，还没有做到民族的自觉和自信。对于西洋文化还吸收地不够澈底，对于中国文化还把握得不够核心。"[1]其原因同样是因其彻底反对传统所造成的，他甚至不无痛心地反问："中国的五四呢？试问究竟复兴了什么？不但对于自己的古典文化没有了解，对于西洋的古典文化也没有认识。因为中国的古典时代是周秦，那文化的结晶是孔子，试问五四时代对于孔子的真精神有认识么？反之，那时所喊的最起劲的，却是打倒孔家店。"[2]在李长之看来，"五四"只是一个"移植的文化的运动，……像插在瓶里的花一样，是折来的，而不是根深蒂固地产自本土的丰富营养的。"[3]而新文学正确的发展道路应该是"只有接着

① 李长之：《五四运动之文化的意义及评价》，《李长之批评文集》，珠海出版社1998年版，第338页。
② 李长之：《五四运动之文化的意义及评价》，《李长之批评文集》，珠海出版社1998年版，第329页。
③ 李长之：《五四运动之文化的意义及评价》，《李长之批评文集》，珠海出版社1998年版，第335页。

中国的文化讲，才是真正民族文化的自然发展。只有这样，才能跳出移植的截取的圈子。"①

而在朱光潜等京派作家之前，周作人就较早地意识到新文学与传统连接的问题，他也是"五四"文学先辈中较早地表现出回归传统的一位理论家兼作家。早在1922年，在新文学立稳阵脚后，他就主张把古文学的艺术营养请进新文学来。他说："研究本国的古文学，不是国民的义务，乃是国民的权利。艺术上的造诣，本来要有天才做基础，但是思想和技工的涵养也很重要，前人的经验与积贮便是他必要的材料。"②对于来自朋友的看法——"蔑视经验，是我们的愚陋；抹杀前人，是我们的罪过"，竭力表示赞同；在表现出回归传统之意的同时也表达出对待传统的态度，因为既然认定研究古文学是权利而非义务，"所以没有服从传统的必要"，③展示出对传统的辩证看法。其后，周作人又提出了"国语文学观"。所谓"国语文学""就是华语所写的一切文章"。④周作人认为在"五四"前后，古文还坐着正统地位，我们对之"恶骂力攻都是对的"，但在白话文学取得胜利的时候，"如还是不承认他是华语文学的一分子，正如中华民国还说满洲一族是别国人，承认那以前住在紫禁城里的是他们的皇上，这未免有点错误了。"⑤由此周作人对于国语文学仅是白话文学的看法表示了反对，在主张把古文学请进新文学后，又再次主

---

① 李长之：《五四运动之文化的意义及评价》，《李长之批评文集》，珠海出版社1998年版，第338页。

② 周作人：《古文学》，钟叔河编：《周作人文类编》③，湖南文艺出版社1998年版，第367页。

③ 周作人：《古文学》，钟叔河编：《周作人文类编》③，湖南文艺出版社1998年版，第367页。

④ 周作人：《国语文学谈》，钟叔河编：《周作人文类编》③，湖南文艺出版社1998年版，第97页。

⑤ 周作人：《国语文学谈》，钟叔河编：《周作人文类编》③，湖南文艺出版社1998年版，第98页。

张"把古文请进国语文学里来"，①这就在新文学的语言上接续上了与传统的联系。与当时的白话文学观相比较，周作人的"国语文学观"显然视界更为宏阔，尤其是他将白话、文言、方言以及欧化语等杂糅在一起的成功实践，更是为新文学的语言的丰富和由之而来的文体的创新做出了重要的贡献。

　　周作人在回归传统的征程中，更为重要并深具影响的是他从文学史的角度建立起了新文学与传统的内在关联。中国文学素有诗言志和文以载道两种潮流，周作人认为"这两种潮流的起伏，便造成了中国的文学史"，②并且强调中国文学的历史变迁"始终是两种互相反对的力量起伏着，过去如此，将来也总如此"。③在这种近于历史循环论的文学史观念里，他将中国新文学的源头上溯至明末的公安和竟陵两派，其间经过了清代的反动，又由这反动的反动，产生了"五四"新文化运动和新文学。在"五四"新文学革命与明末文学革命之间，周作人发现两者不仅在性质、主张和趋势方面的相同，并且在许多作家创作上也可见出很大的相似。首先在他看来，"胡适之的'八不主义'，也即是复活了明末公安派的'独抒性灵，不拘格套'和'信腕信口，皆成律度'的主张"，④其中差异只是前者"更加多一种新近输入的科学思想罢了"。⑤至于作家作品，胡适、冰心、徐志摩等像公安派，文章清澈透明而味道不甚深

---

　　① 周作人：《国语文学谈》，钟叔河编：《周作人文类编》③，湖南文艺出版社1998年版，第99页。

　　② 周作人：《中国新文学的源流》，止庵编：《周作人讲演集》，河北人民出版社2004年版，128页。

　　③ 周作人：《中国新文学的源流》，止庵编：《周作人讲演集》，河北人民出版社2004年版，第129页。

　　④ 周作人：《中国新文学的源流》，止庵编：《周作人讲演集》，河北人民出版社2004年版，第137页。

　　⑤ 周作人：《中国新文学的源流》，止庵编：《周作人讲演集》，河北人民出版社2004年版，第154页。

厚；俞平伯、废名等则和竟陵派相似，其文生僻不像透明的水晶球。[①]
除了这种在总体上对新文学的源流追溯之外，他还就具体的文体追根溯
源，其中谈到以他为代表的小品文流派时，他说道："中国新散文的源
流，我看是公安派与英国小品文两者所合成，而现在中国情形又似乎正
是明季的样子，手拿不动竹竿的文人只好避难到艺术世界里去，这原是
无足怪的。"[②]周作人以他独具个性色彩的"源流论"一方面对文学史作
出了重新解释，阐述了新文学运动以来的文学发展，但与此同时，他无
疑也为新文学与中国文学固有传统的联系，在文学史的脉络里为其找寻
和确立了依据。

周作人对新文学源流的考辨是在历史的纵轴上重建新文学与传统的内
在联系，而在横向的对世界文学的观照中，京派作家也往往采取一种双向
的视角，既取外来文学之精华，又不忘中国传统文学之魅力。朱光潜曾经
这样描述过自己的这一经验："我从许多哲人和诗人方面借得一副眼睛看
世界，有时能学屈原、杜甫的执着，有时能学庄周、列御寇的徜徉凌虚，
莎士比亚教会我在悲痛中见出庄严，莫里哀教会我在乖讹丑陋中见出隽
妙，陶潜和华兹华斯引我到自然的胜境，近代小说家引我到人心的曲径幽
室。我能感伤也能冷静，能认真也能超脱。能应俗随时，也能潜藏非尘世
的丘壑。文艺的珍贵的雨露浸润到我的灵魂至深处，我是一个再造过的
人，创造主就是我自己。"[③]从朱光潜的这一描述中，我们不难见出其对中
与西，现代与传统一种兼收并取的文学视角，并最终将其融化会通，陶铸
出一个崭新的自我来。这种双向的文学视野使得京派作家在对西方文学理
论和文学作品的引进乃至借鉴上并非一味地追西逐洋，而是取中西文学相

---

① 周作人：《中国新文学的源流》，止庵编：《周作人讲演集》，河北人民出版社
2004年版，第137页。

② 周作人：《〈燕知草〉跋》，钟叔河编：《周作人文类编》③，湖南文艺出版社
1998年版，第645页。

③ 朱光潜：《从我怎样学国文说起》，《朱光潜全集》第3卷，安徽教育出版社1987
年版，第450页。

通之处，致力于实现两者的互通共融。

在《文艺心理学》中，朱光潜依据西方近代美学所建立起来的审美直觉说、"移情说"和"距离说"等理论观点，在审美心理上直接为京派文学奠定了理论基础，但朱光潜对这些西方理论的引入从来就不是单向度的，他取的是移西方文化之花接传统文化之木的思维路径。就在这些理论的背后，我们其实不难发现它们与传统文学审美理论的诸多相似相通之处，比如审美直觉说之于"万物静观皆自得""空故纳万镜"；"距离说"之于"宁静致远"；"移情说"之于"情景交融""天人合一"，从而在京派文学理论建构上充分实现了中西文论的对接。这种中西互通的理论研究思维在朱光潜其后所著的《诗论》中更是有着明显的体现。对此，在《诗论》的《抗战版序》和《后记》里，朱光潜作了明确的说明，阐述了其构建诗学的目的和方法。在朱看来，在当时中国研究诗学已经刻不容缓，在目的上"有两大问题须特别研究"，"一是固有的传统究竟有几分可以沿袭，一是外来影响有几分可以接收。"[1]为达到这一目标，其采用的方法是"用西方诗论来解释中国古典诗歌，用中国诗论来印证西方诗论"。[2]因此一部《诗论》，可以说是他在比较文学研究的方法中以中西互证的方式实现了中西诗论的相互沟通。

其实不只是朱光潜，在引入西方文学理论时着力于实现中西互通是京派作家的共同追求。早在二十世纪二十年代，周作人针对早期白话诗和前期新月派诗歌的清楚明白、晶莹剔透的现象，认为早期新诗"缺少了一种余香和回味"，主张新诗向"象征"的一途发展，但在他意见里，恰恰是把"象征"作为中西诗歌的联结点看待的，他这样说道："这是外国的新

---

[1] 朱光潜：《诗论·抗战版序》，《朱光潜全集》第3卷，安徽教育出版社1987年版，第4页。

[2] 朱光潜：《诗论·后记》，《朱光潜全集》第3卷，安徽教育出版社1987年版，第331页。

潮流，同时也是中国的旧手法；新诗如往这一路去，融合便可成功。"①所以，他虽然介绍和主张的是西方的象征主义诗歌理论，但并不遮蔽对传统诗歌艺术的观照视野。同样，他在介绍俄国作家库普林的小说《晚间的来客》时，认为"小说不仅是叙事写景，还可以抒情"，并指出"内容上必要有悲欢离合，结构上必要有葛藤、极点与收场，才得谓之小说，这种意见，正如19世纪的戏曲的三一律，已经是过去的东西了。"②进而提出了"抒情诗的小说"这一概念，在理论上为现代抒情小说文体开辟了道路。但抒情诗小说所具有的艺术特质，比如注重景物描写、善于抒情气氛的营造、精于意象的运用和意境的营构等，分明又与传统艺术的虚静、空灵的理论一脉相承。另外像梁宗岱，作为现代"纯诗"理论的探求者，他花力气译介西诗和诗理论，特别是对瓦雷里"纯诗"观念的反复阐述，希望新诗吸收外国诗的这些方法经验，但其目的并不在于在中国建立一种外国诗的支流。就在他孜孜追求的"纯诗"上，他同样在传统诗歌中发现了属于"纯诗"一类的作品，他认为中国的屈原、李白、陶潜、姜白石等就是真正懂得把诗当作"纯诗"来写的伟大诗人。而这些传统，是同样值得新诗取法的。这样，在"纯诗"理论的建构中，梁宗岱是既袭用西方诗学理论，同时又承继古诗"无尽藏的宝库"，③其中所取仍是中西互通共融的路子。由此可见，京派作家在输入西方文学理论时，往往总能在中国传统中找寻到与之内在精神相契合的所在，这样就在理论的层面上既将传统融入了现代，同时又在现代中检视了传统，从而在总体上解决了朱光潜在《诗论》中所提出的两大问题："一是固有的传统究竟有几分可以沿袭，一是外来影响有几分可以接收。"为新文学的创作和发展提供了可资努力的方向。

---

① 周作人：《〈扬鞭集〉序》，钟叔河编：《周作人文类编》③，湖南文艺出版社1998年版，第741页。

② 周作人：《〈晚间的来客〉译后记》，《新青年》第7卷第5号，1920年4月1日。

③ 梁宗岱：《论诗》，《梁宗岱文集》（Ⅱ），中央编译出版社2003年版，第30页。

　　京派作家在西方文学理论输入时所采取的中西观照的双向视角自然也表现在他们对西方具体作家作品的选择接受中。在京派作家的文学"芥子园"里，始终存在着两极重要的力量。一极是中国传统的文学经典，他们比较看重《论语》《庄子》、六朝文章、晚唐诗、南宋词和晚明小品，并以此建立起自身的文学精神系统。应该说，这一传统文学的影响在京派作家身上所表现出的力量是异常强大的，并有力地决定着他们对西方作家作品的选择和接受。在他们受西方文学影响的这一极中，他们迥然有别于"海派"对西方先锋派文学的一味追随态度，他们所吸取的很大一部分还是属于西方前现代主义的作家作品，这其中有古希腊文学、莎士比亚、哈代、卢梭、曼殊斐尔、屠格涅夫和契诃夫等。当然在这一极中也有像伍尔夫、劳伦斯、乔伊斯等现代主义作家的作品，但京派作家对他们的艺术汲取更多只是表现在对他们所具有的现代主义艺术技巧的借鉴上。这样我们就可以发现，京派作家对西方文学的选择接受主要是从自身的个性气质出发，发掘西方文学中他们所认为的"精华"所在，并以此获得与他们在传统文学影响中所建立的精神系统的相通。

　　京派作家在对西方理论和创作输入、选择和接受中所表现出的中西互通共融的努力在他们的实际创作活动中也得到了有效的证实。作为京派作家中首开抒情诗小说创作风气的废名，在建国后为其小说选所作的序言里，对其创作经验进行总结的一段文字可以为我们提供很好的佐证。他说："我最后躲起来写小说乃很象古代陶潜、李商隐写诗。""就表现的手法说，我分明地受了中国诗词的影响，我写小说同唐人写绝句一样，绝句二十个字，或二十八个字，成功一首诗，我的一篇小说，篇幅当然长得多，实是用写绝句的方法写的，不肯浪费语言。"①至于受外国文学的影响，他则这样说道："我记得我当时很爱读契诃夫的短篇小说，我的这些小说，尤其是《毛儿的爸爸》，是读了契诃夫写的俄国的生活因而写我对

_____

①　废名：《废名小说选·序》，王风编：《废名集》第6卷，北京大学出版社2009年版，第3268页。

中国生活的观察。""在艺术上我吸收了外国文学的一些长处，又变化了中国古典文学的诗，那是很显然的。就《桥》与《莫须有先生传》说，英国的哈代，艾略特，尤其是莎士比亚，都是我的老师，西班牙的伟大小说《吉诃德先生》我也呼吸了它的空气。总括一句，我从外国文学学会了写小说，我爱好美丽的祖国的语言，这算是我的经验。"①废名的这一段文字经常被论者所引，以表明他在小说创作中以传统融合现代的艺术努力和由此所体现出来的艺术品格。但废名之所以能做到如此，根本原因仍在于他对中西文学共通互融的理性认识。其实早在他战后完成的《莫须有先生坐飞机以后》这部小说中，他就借莫须有先生之口表达了这一意见。莫须有先生说："我读莎士比亚，读庾子山，只认得一个诗人，处处是这个诗人自己表现……"。②这里"只认得一个诗人"的说法充分表明了废名对中西文学共通共象的看法，在他看来，无论是庾子山的赋、还是李商隐的诗和温庭筠的词，其实和莎士比亚的戏剧、塞万提斯的小说都有着相同的艺术因子，他们在艺术的内在精神上是没有中西、传统与现代的本质差异的。这样，他以唐人写绝句的方法写小说与吸收他所提到的一些外国文学的长处，就非常自然不过地融合无间了。由此，我们也就看到了他通过中国文学传统意味醇化处理西方文学现代意识的成功实践。

对和谐静穆的文学审美境界的推崇是京派作家在沟通中西文学时观照传统的一个重要内容。京派作家大都推崇古希腊文明，言及文学艺术，几乎是言必称希腊。希腊文明乃西方文化之基础，在《过去的工作》一文中周作人曾这样说道："大家谈及西方文明，无论是骂是捧，大抵只凭工业革命以后的欧美一两国的现状以立论，总不免是笼统，为得明了真相起见，对于普通称为文明之源的古希腊非详细考察不可，况且他的文学哲学

---

① 废名：《废名小说选·序》，王风编：《废名集》第6卷，北京大学出版社2009年版，第3269页。

② 废名：《莫须有先生坐飞机以后》，王风编：《废名集》第2卷，北京大学出版社2009年版，第881页。

自有其独特的价值，据愚见说来，其思想更有与中国很相通的地方，总是值得萤雪十载去钻研他的。"①在京派作家中，周作人主要称许的是希腊文明的精神特质，即"一是现世主义，二是爱美的精神"。②朱光潜则极力标举古希腊艺术"和平静穆"的境界。他说："古希腊——尤其是古希腊的造型艺术——常使我们觉到这种'静穆'的风味。'静穆'是一种豁然大悟，得到皈依的心情。它好比低眉默想的观音大士，超一切忧喜，同时你也可以说它泯化一切忧喜。"③朱光潜是把"静穆"视为艺术的最高理想和境界的。那么"古希腊人何以把和平静穆看作诗的极境"呢？他给出的回答是："就诗人之所以为诗人而论，热烈的欢喜或热烈的愁苦经过诗表现出来以后，都好比黄酒经过长久年代的储藏，失去它的辣性，只剩一味醇朴。""懂得这个道理，我们可以明白古希腊人何以把和平静穆看作诗的极境。"④其实无论是周作人对古希腊精神特质的赞许还是朱光潜对其艺术"和平静穆"境界的推崇，这两者与中国传统都有着深厚的叠合之处。中国传统文化注重理性，在社会人生观和文化观上表现出调和中庸的特点，这些特点反映到文学艺术的审美层面，便形成了一种主张中和之美的艺术情趣。在中国古典作家中，朱光潜尤其推崇陶渊明，认为："陶诗的特色正在不平不奇、不枯不腴、不质不绮，因为它恰到好处，适得其中；也正因为这个缘故，它一眼看去，却是亦平亦奇、亦枯亦腴、亦质亦绮。"⑤朱光潜所赞赏的是陶渊明将平常与高妙融为一体的本领，从而使其诗歌达到

---

① 周作人：《过去的工作》，钟叔河编：《周作人文类编》③，湖南文艺出版社1998年版，第602–603页。

② 周作人：《希腊闲话》，钟叔河编：《周作人文类编》⑧，湖南文艺出版社1998年版，第61页。

③ 朱光潜：《说"曲终人不见，江上数峰青"》，《朱光潜全集》第8卷，安徽教育出版社1993年版，第396页。

④ 朱光潜：《说"曲终人不见，江上数峰青"》，《朱光潜全集》第8卷，安徽教育出版社1993年版，第396页。

⑤ 朱光潜：《诗论》，《朱光潜全集》第3卷，安徽教育出版社1987年版，第265页。

了冲淡自然，质朴而浑厚的艺术境界，而这正是朱所认为的艺术的最高境界。所以他说在中国诗人里，"只有陶潜浑身是'静穆'，所以他伟大。"①这样，京派作家对"和平静穆"的推崇实质上也就构成了对传统的中和之美——这一古典主义的审美情趣的现代观照。当然，京派作家也最终以自己的艺术实践向人们清楚地表明，他们所奉行的正是这和谐、节制、匀称、恰当的美学原则。

必须指出，京派作家无论是在文学史系统中重建新文学与传统的联系，还是在输入西方文学理论和创作时所贯穿的中西互通共融的思维路径，其间所体现出的对传统的珍视并非是单纯的"复古"倾向，他们的最终鹄的是促使传统的创造性转换。这是一个"新传统化的过程"。所谓"新传统化的过程"，是"旨在将传统的文化特质与西方的文化特质变成一'运作的、功能的综合'"，它不在"西化"，而是对传统"重估"，以便使"已丧失的传统价值得以回归到实际来"，所以，这一过程本身就是"现代化过程的一部分"。②应该说，京派作家在这一过程中为我们提供了富有成效的艺术经验。

将地方与本土、民族和传统融于现代是京派作家促使传统的创造性转换的基本途径。早在1923年，周作人就在《地方与文艺》以及为刘大白的《旧梦》所作的序里，反复表达了将个性、国民性、地方性和世界性统一起来的文学理想。他说自己"于别的事情都不喜讲地方主义，唯独在艺术上常感到这种分别"。③他强调风土对文学的影响，"推重那培养个性的土之力"，希望作家"把土气息泥滋味"透过他的脉搏表现在文字上，并坚

---

① 朱光潜：《说"曲终人不见，江上数峰青"》，《朱光潜全集》第8卷，安徽教育出版社1993年版，第396页。

② 金耀基：《从传统到现代》，中国人民大学出版社1999年版，第115页。

③ 周作人：《〈旧梦〉序》，钟叔河编：《周作人文类编》③，湖南文艺出版社1998年版，第733页。

信"这才是真实的思想与文艺"。①同时周作人表明这并非限于乡土艺术，因为在他看来，"强烈的地方趣味也正是'世界的'文学的一个重大成分。"②展示出以乡土融入世界的文学情怀。与周作人高度相似的是，沈从文也一直觉得写人或写什么东西，要把人事凸浮于天时地理背景中，这样容易出效果。所以，在他的创作理想里，把地方性的艺术与现代艺术"重新接触"，③成为他寄希望于作家创作的一个重要内容。战后，围绕"萧兄"（指萧望卿）的小说，他写下了《一个边疆故事的讨论》，在这个"讨论"里，他详细地谈及了文学创作中扩展"地方性"的问题。"萧兄"的小说是写发生在蒙古草原寺庙里的一个爱情悲剧故事，沈从文在"讨论"中一步步指示作者该如何将其"放大"和"重造"。他首先认为故事"想从修整中见天然"，必须"充分注入作者贴近土地的浓厚兴趣"，使之加重"草原气和奶酥气"。④同时，作品的写作不能只在"'叙述'上止住"，得在"作品中可以见'道'"，必须"说明一个生命向内燃烧的形式"，从而具有一切优秀作品的"必然性和共通性"。他认为这样写出的东西"会充满了传奇性而又富于现实性，充满了地方色彩也有个人生命流注"，并坚信这样的作品纵然目前缺少读者，但终将在"另外一代"，"会由批评家发掘而出"。⑤显然，沈从文的这一"讨论"同样给我们一种"从边城走向世界"的强烈感受。明白了京派作家的这一文学理想，对于他们何以在创作中总是对自然风俗民情的描绘倾注笔力，我们也许就不甚感觉意外了。

---

① 周作人：《地方与文艺》，钟叔河编：《周作人文类编》③，湖南文艺出版社1998年版，第81页。

② 周作人：《〈旧梦〉序》，钟叔河编：《周作人文类编》③，湖南文艺出版社1998年版，第733页。

③ 沈从文：《致凌叔华》，《沈从文全集》第18卷，北岳文艺出版社2002年版，第512页。

④ 沈从文：《一个边疆故事的讨论》，《沈从文全集》第17卷，北岳文艺出版社2002年版，第464–465页。

⑤ 沈从文：《一个边疆故事的讨论》，《沈从文全集》第17卷，北岳文艺出版社2002年版，第467页。

　　京派作家对新诗创作的理论探讨集中表达了他们将民族传统融于现代的艺术努力。这里首开先声的仍然是周作人。1926年他在为刘半农的《扬鞭集》作序时即强调新诗若要取得成就，获得"渐近于独创的模样"，就必须有一种所谓的"融化"，这种"融化"就是"把中国文学固有的特质因了外来影响而日益美化，不可只披上一件呢外套就了事。"①正式提出了新诗创作上传统的创造性转换的课题。更为集中的探讨则是1935年《大公报·文艺》"刊中刊"——"诗特刊"诞生后，京派作家在该刊上所发表的对于新诗发展的意见。其中最能代表京派作家从自身理论视角探讨新诗创作的是沈从文介绍该刊的评论《新诗的旧账——并介绍〈诗刊〉》和刘西渭的《新诗的演变》两篇文章。沈从文在文章中指出：新诗的"困难处在背负一个'历史'，面前是一条'事实'的河流。抛下历史注重事实（如初期新诗）办不好，抱紧历史不顾事实（如少数人写旧诗）也不成。""新诗要出路，也许还得另外有人找更新的路，也许得回头，稍稍回头。"②沈从文这里所主张的"回头"即是站在新诗发展近20年的历史上使新诗重新把握传统的脉搏，促其转换，"回头"的目的是为了真正实现新诗的现代化。刘西渭则在文章中梳理出新诗发展的历史和现状，认为新诗走过了一条"从音律的破坏，到形式的实验，到形式的打散"③这样的道路。在新诗的这一线径演进中，他着重提到了徐志摩、郭沫若、李金发、戴望舒等诗人。其中徐志摩以"旧学做根基"，"用外国的形式为依据"，让诗"回到音乐"，具有形式重建的重大意义，但他因过于注重技巧不免与现代生活有所扞格。而戴望舒毫无疑问是一位具有开创性意义的诗人，但他不免囿于法国象征和现代派的暗示，所以虽具有影响，却缺乏丰富的

---

① 周作人：《〈扬鞭集〉序》，钟叔河编：《周作人文类编》③，湖南文艺出版社1998年版，第740页。

② 沈从文：《新诗的旧账——并介绍诗刊》，《沈从文全集》第17卷，北岳文艺出版社2002年版，第98–99页。

③ 李健吾：《鱼目集——卞之琳先生作》，《咀华集·咀华二集》，复旦大学出版社2005年版，第61页。

收获。应该说刘西渭对新诗历史和现状的把捉，眼光是非常敏锐的，但在这里，他却特别地指出了几个年轻诗人，他用"自食其力"概括他们的群体特征，说他们"不止模仿，或者改译，而且企图创造"。①这几个年轻诗人即是他后来在对《鱼目集》批评中所公开出来的卞之琳、何其芳和李广田。他说他们的新诗创作是"要把文字和言语揉成一片，扩展他们想象的园地，根据独有的特殊感受，解释各自现时的生命。他们追求文字本身的瑰丽，而又不是文字本身所有的境界。他们属于传统，却又那样新奇，全然超乎你平素的修养，你不禁把他们逐出正统的文学。"②其中肯定的正是他们化用中西传统，寻找和创造自己新形式的艺术探求。在周作人、沈从文和刘西渭等理论主张的背后，京派的年青诗人确实也以他们的创作实践予以了证实。我们若稍微关注一下卞之琳、何其芳、李广田、林庚、曹葆华等京派诗人以都市为题材的创作，就会发现他们的这类创作根本不同于"海派"现代派诗人所标示的那种现代诗——"它们是现代人在现代生活中所感受的现代的情绪，用现代的词藻排列成的现代的诗形"。③他们选取的都市对象是北平，着力表现的是故都的红墙、灰瓦、胡同、驼铃、酒铺等传统意象，其表达的人生情绪可以说既是现代的也是传统的。他们在对西方现代主义诗潮的接受和融化中始终带有浓厚的古典意趣和传统特色，他们所借鉴的只是西方现代主义诗歌的先锋形式，但在精神上却始终归依传统。

可以说，从"五四"到上世纪末，我们中国就一直徘徊在中与西、传统与现代之间，其间因政治的图强和经济的发展，我们更多的是努力向西方和现代靠拢，结果造成对固有传统的漠视。在这一历史背景下，京派在

①李健吾：《鱼目集——卞之琳先生作》，《咀华集·咀华二集》，复旦大学出版社2005年版，第60页。

②李健吾：《鱼目集——卞之琳先生作》，《咀华集·咀华二集》，复旦大学出版社2005年版，第64页。

③施蛰存：《又关于本刊中的诗》，《现代》4卷1期，1933年11月1日。

对"五四"新文学反思的基础上，在二十世纪三十至四十年代所完成的传统的创造性转换的理论探求和艺术上的成功实践就显得更加弥足珍贵，其意义自然也就不仅仅是文学上的，它同时也应该是文化上、乃至政治上和经济上的。

第三节　京派文学的艺术品格

众所周知，"京派"之所以成为一个文学流派，不仅仅在于作家活动地域聚集于"京"这一外在因素，更在于这些文学家在经历、学养、趣味和价值观、文艺观、美学观等内在因素方面的相近，这反映到京派具体的文学史实上，则是整一性、稳定性的文学理论形态、文学运动形态和文学创作形态。就文学创作而言，他们以文学为本位，强调再造民族品德的文学责任，标举和谐的静穆的审美原则，呈现出严肃、包容、纯正的艺术品格，虽然远离时代主潮，却获得了永恒的艺术价值。

在京派的文学观念里，把自由上升到文学本体的高度，强调文学严肃性、独立性，坚持以文学为本位的价值追求，是京派一以贯之的文学立场。

从文学理论渊源上看，独立自由的文艺观虽然能从传统文学中找到痕迹，但实际源于"五四"时期文化和文学的现代化诉求。"五四"时期，以胡适为代表的知识分子开拓了一条异于传统政治实践的文化实践之路，试图实现文化先于政治的价值转型，与这一价值转型相应的是文学自身价值的张扬。"五四"后期，强调文学的自身价值成为自由主义文学家自觉的文学追求。如二十年代，胡适提出政府不应干涉文学论，三十年代，闻一多提出"文艺的目的就在文艺"，胡秋源、苏汶提出"文艺至死也是民主的、自由的"等观点。沈从文、朱光潜等京派作家与新月派等自由主义作家保持了良好的关系，也承续了他们的文学主张，力倡严肃认真的创作态度，反对文学作为政治斗争和商业工具，强调创作自由和文学的独立价值。

从文艺的本体观看，京派文学家强调文学的独立性和自足性，提出"自由是文艺的本性，所以问题并不在文艺应或不应该自由，而在我们是否真正要文艺"，"因为文艺的价值，不在做某项的工具，文艺本身就是目的"。①同时，京派把自由上升到创作本体层，认为文学是自由生命的自由表达，是个性的抒发。"五四"后期，周作人对启蒙工具说有了反省，退出社会主潮，开始经营"自己的园地"，他认为艺术是人的共同需要，要"独立的艺术美"。他强调："文艺以自己表现为主体"，"各人的个性既然是各各不同，那么表现出来的文艺，当然是不相同。"②"最好任各人自由去做他们自己的诗，做的好了"，"由一时的诗而成为永久的诗"；"即使不然，各人抒发情思"，"也是很好的事情"。③"假的，模仿的，不自然的著作，无论他是旧是新，都是一样的无价值；这便因为他没有真实的个性。"④他倡导有个性的文学，认为只有自由表达，才能充分展现个性，新文学的价值也就在于此，而"载道卫道奉教吃教"文学束缚了个性的自由表达。沈从文也强调"一切作品都需要个性，都必须渗透作者人格和感情"⑤。

京派文学家一方面强调文学独立性，同时对当时文学工具化的不良倾

---

① 朱光潜：《自由主义与文艺》，《朱光潜全集》第9卷，安徽教育出版社1993年版，第481页。

② 周作人：《文艺上的宽容》，钟叔河编：《周作人文类编》③，湖南文艺出版社1998年版，第68页。

③ 周作人：《论小诗》，钟叔河编：《周作人文类编》③，湖南文艺出版社1998年版，第719–720页。

④ 周作人：《个性的文学》，钟叔河编：《周作人文类编》③，湖南文艺出版社1998年版，第52页。

⑤ 沈从文：《习作选集代序》，《沈从文全集》第9卷，北岳文艺出版社2002年版，第2页。

向进行了激烈批评。一是反对文学为政治服务。二十世纪二十年代后期到四十年代，随着国共两党政治斗争的激化，共产党领导下的左翼文学和国民党支配下的"三民主义"文学处于针锋相对的敌对状态，都为各自的政治目的服务，文学创作也成为政治宣传的工具，形成单一化、公式化的创作模式，出现了大量标语化、口号化的思想大于艺术的作品。京派作家对国民党的党治文学以及共产党领导下的"左翼文学"都持反对态度，反对"拿文艺做宣传的工具或是逢迎诌媚的工具"，认为"文艺自有它的表现人生和怡情养性的功用，丢掉这自家园地而替哲学宗教或政治做喇叭或应声虫，是无异于丢掉主子不做而甘心做奴隶。"①沈从文批评普遍存在的"差不多"问题："大多数青年作家的文章，都'差不多'。文章内容差不多，所表现的观念差不多。……凡事都缺少系统的中国，到这个非有独创性不能存在的文学作品上，恰恰见出一个一元现象，实在不可理解。""差不多"的原因在于："说得诚实一点，就是一般作者都不大长进，因为缺少独立识见，只知追求时髦，结果把自己完全失去了。"②沈从文强烈、直率的批评引发了与茅盾等左翼文学家的激烈争论，茅盾辩解"差不多"问题不过是新文艺发展时所不可避免的暂时的"幼稚病"。不过，从无产阶级文艺后40年的发展历程来看，这种"幼稚病"始终没有得到克服。

二是反对"海派"文学商业化倾向。当时上海已是一个商业化大都市，随着市民阶层的崛起，出现了休闲性、娱乐性的文化需求，市场需求和利益驱动，导致一些作家的创作态度也异化为商业态度，把文学沦为自娱或娱人，博取商业利益的工具。沈从文批评当时上海文坛的一些恶劣倾向："凡事从'生意经'着眼，五四谈男女解放，成为一个社会问题，所以过不多久，南方就有张资平多角恋爱小说出现，北方就有章衣萍《情书

---

① 朱光潜：《自由主义与文艺》，《朱光潜全集》第9卷，安徽教育出版社1993年版，第482页。

② 沈从文：《作家间需要一种新运动》，《沈从文全集》第17卷，北岳文艺出版社2002年版，第101页。

一束》出现。……这些作品当时都得到广大的销路。风气所归，变本加厉，于是有张竞生提倡的性生活，用女店员卖书和节育药品，造成一时社会赚钱法门。"①在市场为导向的文学创作中，为追求利益的最大化，一些作家拼命写作，迎合市民的趣味需求，顾不上讲究技巧，创作出大批缺乏文学性，甚至粗糙、庸俗低级趣味的作品。如沈从文批评海派代表作家穆时英对人生知识极窄，"对于所谓都市男女的爱憎，了解得也并不怎么深。对于恋爱，在各种形式下的恋爱，无理解力，无描写力。作者所长，是能使用那么一套轻飘飘浮而不实文字任兴涂抹"。②

京派文学家反对文学成为"社会赚钱法门"和"政治上的点缀物"，并不意味着视文学的独立性为"为艺术而艺术"，他们仍然强调"一切作品皆应植根在'人事'上面。一切伟大作品皆必然贴近血肉人生。"③"文艺不可能与人生绝缘，非但不能，其实文学就是人生的表现，人生好比土壤，文艺是这上面开的花"。④

那么文学与社会人生是什么关系，又如何与社会人生保持"血肉"关系呢？周作人认为，文学应和人生浑然一体，"艺术是独立的，却又原来是人性的，所以既不必使他隔离人生，又不必使他服侍人生，只任他成为浑然的人生艺术便好了。"⑤朱光潜作出了一个形象的比喻，他提出文学性与社会性的结合要如"花的生发是自然的生发"，如"风行水上，自然生

---

① 沈从文：《文学运动的重造》，《沈从文全集》第17卷，北岳文艺出版社2002年版，第290页。

② 沈从文：《论穆时英》，《沈从文全集》第16卷，北岳文艺出版社2002年版，第235页。

③ 沈从文：《论穆时英》，《沈从文全集》第16卷，北岳文艺出版社2002年版，第233页。

④ 朱光潜：《自由主义与文艺》，《朱光潜全集》第9卷，安徽教育出版社1993年版，第482页。

⑤ 周作人：《自己的园地》，钟叔河编：《周作人文类编》③，湖南文艺出版社1998年版，第63页。

纹"①。所以朱光潜说:"粗略地说,凡是第一流艺术作品大半都没有道德目的而有道德影响。"②从京派的文学实践看,周作人的苦雨斋、沈从文的湘西、废名的竹林村社、萧乾的北平胡同、凌叔华的童心世界等,无不以个性的方式、诚挚的情感、优美的场景和庄重的旋律展现出文学的永恒魅力,充分体现出他们以文学为本位的艺术价值追求。

在"京派"与"海派"争论正酣时,鲁迅写了一篇《"京派"与"海派"》,评价了这两者不同的文化属性:"要而言之,不过'京派'是官的帮闲,'海派'则是商的帮忙而已。"③鲁迅对京派文学作出负面评价既有文化立场不同、对文学功能的理解不同而导致的歧见,也有对沈从文等京派作家的误解。由于鲁迅的文坛领袖地位及其深远的历史影响,长期以来其对"京派"的批判,给人们形成一种印象,认为京派文学是一种脱离时代潮流的、缺乏责任担当的绅士文学。

鲁迅的评价也的确反映了前期京派作家"趣味主义"文学倾向。"五四"高潮之后,许多当初运动的激进者纷纷脱离了时代的主潮,稍作彷徨后,由"载道"转向"言志"的文学立场,其文学旨趣也趋向消极的个人趣味主义。最为典型的是周作人,在《十字街头的塔》中,他把纷乱的人世符号化为"十字街头",知识分子被大众和绅士商贾所鄙弃,不能也不愿成为他们的同路人,于是"不问世事而缩入塔里","在不完全的现世享乐一点美与和谐"。在《骆驼草》"发刊词"中提出办刊宗旨:"不谈国事";"文艺方面,思想方面,或而至于讲闲话,玩古董","如斯而已,如斯而已。"④在周作人等人影响下,二十世纪二十年代末和三十年代初形成

---

① 朱光潜:《自由主义与文艺》,《朱光潜全集》第9卷,安徽教育出版社1993年版,第482页。

② 朱光潜:《文艺心理学》,《朱光潜全集》第1卷,安徽教育出版社1987年版,第319页。

③ 鲁迅:《"京派"与"海派"》,《鲁迅全集》第5卷,人民文学出版社1981年版,第432页。

④ 《〈骆驼草〉发刊词》,《骆驼草》第1期,1930年5月12日。

了一股趣味主义的小品文运动。《骆驼草》《论语》《人间世》《宇宙风》等众多小品文杂志，鼓吹"幽默""闲适""性灵""冲淡"的个人主义趣味。

然而，作为后期京派代表人物的沈从文、朱光潜等对周作人等的厌世、逃世、玩世的趣味自由主义是持批判态度的，沈从文甚至把周作人这种文学态度与海派商业文学相提并论，称之为"玩票白相"。他说："玩票白相"者不仅寄生于上海的书店、保管、官办的杂志，也寄生于北京的大学、中学以及种种教育机关中，"已经成了名的文学者，或在北京教书，或在上海赋闲"。①矛头直指周作人等小品文作家。对带有"周先生趣味"的废名的作品，沈从文也认为"情趣朦胧，呈露灰色，一种对作品人格烘托渲染的方法，讽刺与诙谐的文字奢侈僻异化，缺少凝目正视严肃的选择，有作者衰老厌世意识。"②1936年，徐訏创办了《天地人》半月刊。创刊前夕，徐訏两次写信给朱光潜，请他为《天地人》写点儿稿子。朱光潜写了《论小品文（一封公开信）》劝告他，不要把《天地人》办成和《人间世》《宇宙风》相类似的小品文刊物，他认为小品文的泛滥是在"制造假古董"，阻碍了人们创造和接受严肃、高尚的文学的情趣。③

针对趣味文学造成的萎靡文风、世风，后期京派文人提出了"严肃"的文学观。1937年5月，后期京派重要刊物《文学杂志》创刊，朱光潜在发刊词《我对于本刊的希望》中提出，希望《文学杂志》能够纠正趣味主义等文坛弊端，引导人们树立"宽大自由而严肃"的文艺观，成为"新风气的传播者，在读者群众中养成爱好纯正文艺的趣味与热诚"。④1947年6月，《文学杂志》复刊，朱光潜在《复刊卷头语》中重申了办刊宗旨，就

---

① 沈从文：《文学者的态度》，《沈从文全集》第17卷，北岳文艺出版社2002年版，第52页。

② 沈从文：《论冯文炳》，《沈从文全集》第16卷，北岳文艺出版社2002年版，第150页。

③ 朱光潜：《论小品文》，《朱光潜全集》第3卷，安徽教育出版社1987年版，第427页。

④ 朱光潜：《我对于本刊的希望》，《文学杂志》第1卷第1期，1937年5月。

是要"树立一个健康底文学风气。"①

后期京派文学家提倡的"宽大自由而严肃"的文艺态度应该包含两个方面，既是为人生的，也是为文学的，也就是以严肃的文学态度，以迥异于左翼文学的方式"拥抱人生"。在三十年代救亡图存的社会主潮流中，众多知识分子都面临文艺立场的选择。后期京派作家在民族危机紧迫的时刻，也有融入时代大潮的冲动，如沈从文接到陕西前线朋友的来信，十分感慨："我真愿意到黄河岸边去，和短衣汉子坐土窑里，面对汤汤浊流，寝馈在炮火铁雨中一年半载。"②有一批作家也创作了积极参与社会暴露与改造的作品。但从整体上看，京派文学时常表现出与时代的疏离，超然于现实政治利益和阶级观点，他们清醒地以独立的知识分子立场和最相宜的方式，以文学寄托其民族前途建设和人生观再造的文学理想——以文学引导文化，以文化促进健康人性，进而达到改造民族品德的目标。朱光潜认为文学和民族精神是深刻联系的，"一个民族的生命力最直切地流露于它的文学和一般艺术，要测量一个民族的生命力强弱，文学和艺术是最好的标准之一。文学的活力与全民族的精神有着一定的互为因果的关系。"③他立意以文学来探求民族品德的消失与重建，指出"中国社会闹得如此之糟，不完全是制度的问题，是大半由于人心太坏。我坚信情感比理智重要，要洗涮人心，并非几句道德家言所可了事，一定要从'怡情养性'做起……要求人心净化，先要求人生美化。"④因而，京派践行一种"情感美育教化"的文艺功能观，通过伦理的、审美的方式介入社会历史进程，达到民族精神的重建。这与"五四"启蒙运动在文化目标上是一致的，只是

---

① 朱光潜：《〈文学杂志〉复刊卷头语》，《朱光潜全集》第9卷，安徽教育出版社1993年版，第242页。

② 沈从文：《烛虚》，《沈从文全集》第12卷，北岳文艺出版社2002年版，第16页。

③ 朱光潜：《文学与民众》，《朱光潜全集》第9卷，安徽教育出版社1993年版，第14页。

④ 朱光潜：《谈美》，《朱光潜全集》第2卷，安徽教育出版社1987年版，第6页。

他们的切入点不同，"五四"启蒙运动是对国民劣根性的批判，而京派文学则是在城乡对照中对于乡村社会美好人性的发掘。这实际上正是京派作家文学视野的聚焦所在，正如有些研究者在观照京派文学批评时对其主体批评家的精神品格所昭示的那样："京派批评家的文学视野所关注的，主要的不是社会或历史的进程与规律，而是个体的人、是主体对生活的体验与领悟。……在京派作家的文学功用观中，人的因素也占据着极为重要的地位——文学对社会施加影响同样是通过人，通过对国民的每一个个体的人格塑造来达成的。""'人'——个体的'人'，就成为流派批评的文学本质论与文学功用论的交汇点，成为他们将自己的社会关怀与文学理想联系起来的重要枢纽（或者中介环节）"①

关注人本身，特别是探索人性问题，成为京派作家介入人生的基点。沈从文提出了自己理想的"湘西"的人生形式——一种"优美、健康、自然，而又不悖乎人性的人生形式。"②他一方面感慨都市人们"营养不足，睡眠不足，生殖力不足"，"生命无性格，生活无目的，生存无幻想"；③另一方面，表现湘西世界人物雄强、勇武、热情、善良、守信用、重情义，宽厚豁达，恬淡自守，显示出一种原始古朴的人性美、人情美。废名的《桥》《竹林的故事》等作品创造了一个宁静、和谐、波澜不惊的田园牧歌式世界，反映了作者执拗的童心观点和对纯美人间的向往。萧乾的《印子车的命运》《花子与老黄》《邓山东》等作品中，塑造了身处城市下层的引车卖浆者自重、自爱的性格。即便是大家闺秀林徽因、凌叔华也表现出对社会底层人生样式的关注。京派小说最后一位作家汪曾祺的《岁寒三友》《故乡人》《七里茶坊》中我们看到了相互扶助，相濡以沫，仁爱与善良。

---

① 黄键：《京派文学批评研究》，上海三联书店2002年版，第118页。

② 沈从文：《习作选集代序》，《沈从文全集》第9卷，北岳文艺出版社2002年版，第5页。

③ 沈从文：《八骏图·题记》，《沈从文全集》第8卷，北岳文艺出版社2002年版，第195页。

京派作家对底层人生的关怀，对爱和真的自然人性的呵护，寄托着重建民族精神和文化品格的深远追求。正如苏雪林评价沈从文的作品，他"不是毫无理想的。不过他这理想好象还没有成为系统，又没有明目张胆替自己鼓吹，所以有许多读者不大觉得，我现在不妨冒昧地替他拈了出来。这理想是什么？我看就是想借文字的力量，把野蛮人的血液注入到老迈龙钟颓废腐败的中华民族身体里去，使他兴奋起来，年青起来，好在廿世纪舞台上与别个民族争生存权利。"[①]

二十世纪三十年代，各种西方文艺思潮纷纷进入中国，左翼文学、意识流小说、心理分析小说以及新感觉派等世界文学思潮在上海轮番登场，无论是左翼文学还是新感觉派等"海派"文学，充满了狂热的思想。而京派作家群在时代风潮中则显得步履从容，追求冲淡宁静、和平静穆之美，这既是京派文学的审美体验原则和审美理想，也体现出古典的审美情结。

京派文人多学养深厚，汲取了古典文化的营养，浸染了浓厚的传统文化气息，特别偏好散淡唯美的审美境界。不仅周作人、废名如此，即便朱光潜、林徽因、梁宗岱这些受过欧风美雨洗礼的也是如此。如朱光潜曾经提到过受中西经典文化的教益："我从许多哲人和诗人方面借得一副眼睛看世界，有时能学屈原、杜甫的执着，有时能学庄周、列御寇的徜徉凌虚，莎士比亚教会我在悲痛中见出庄严，莫里哀教会我在乖讹丑陋中见出隽妙，陶潜和华兹华斯引我到自然的胜境，近代小说家引我到人心的曲径幽室。"[②]卞之琳评价林徽因："她深通中外文化，却从不崇洋，更不媚外。她早就在《窗子以外》里说过一句'洋鬼子们的浅薄千万学不得'。她身心萦绕着传统悠久的楼宇台榭，也为之萦绕不绝，仿佛命定如此。"[③]

---

① 苏雪林：《沈从文论》，《文学》第3卷第3期，1934年9月。

② 朱光潜：《从我怎样学国文说起》，《朱光潜全集》第3卷，安徽教育出版社1987年版，第450页。

③ 卞之琳：《窗子内外·忆林徽因》，《人与诗：忆旧说新》，安徽教育出版社2007年版，第44页。

梁宗岱亦是如此，1931年致徐志摩信中说道："我五六年来，几乎无日不和欧洲底大诗人和思想家过活，可是每次回到中国诗来，总无异于回到风光明媚的故乡，岂止，简直如发现了一个'芳草鲜美，落英缤纷'的桃源，一般的新鲜，一般地使你惊喜，使你销魂。"①在中外文化对照中，恰恰不是西方先锋文化，而是其从小浸淫其中的传统文化给了他们内在的精神契合。

京派文学讲究理性，注重"寻求一种强烈而又平静的乐趣"，"用有度、和谐、哲学的冷静来摆脱情感的剧烈"，②倡导宁静的、有节制的艺术体验方式。朱光潜借用英国心理学家、美学家布洛的"距离说"来分析中国传统文学的情感生成机理。所谓"距离"，是指审美者与审美对象之间保持一定的心理距离，在艺术活动中，审美者既是情感活动的主体，又是审美活动的旁观者，审美者把自己的情感活动隐藏在审美对象的后面，以超然的姿态，有节制地观照和表现审美对象。正如李健吾评价沈从文，认为沈是一个有热情的人，之所以能够把"热情"达成"同情"，在于"冷眼观世"的情感把握方式。他评价《边城》："诗意来自材料或者作者的本质，而调理材料的，不是诗人，却是艺术家！""他知道怎样调理他需要的分量。他能把丑恶的材料提炼成功一篇无瑕的玉石。他有美的感觉，可以从乱石堆发见可能的美丽。"③

宁静的、有节制的美既是京派的体验方式，也是他们的理想的审美境界。在三十年代喧嚣、躁动和功利的文学浪潮中，京派文人坚守自足的文学立场和古典的审美倾向。朱光潜特别心仪陶渊明的"采菊东篱下，悠然见南山"和钱起的"曲终人不见，江上数峰清"等能引发静穆情趣的作

---

① 梁宗岱：《论诗》，《梁宗岱文集》（Ⅱ），中央编译出版社2003年版，第30页。

② 朱光潜：《悲剧心理学》，《朱光潜全集》第2卷，安徽教育出版社1987年版，第355页。

③ 李健吾：《边城——沈从文先生作》，《咀华集·咀华二集》，复旦大学出版社2005年版，第26页。

品，他不仅把静穆视为一种生活状态，也视为最高的艺术理想，并且希望通过对静穆的文学作品的批评实践，引导读者进行纯粹的审美活动，培育纯正的社会艺术氛围。1935年12月，朱光潜在《中学生》杂志上发表《说"曲终人不见，江上数峰青"》一文，阐述了"静穆"的文学理想："艺术的最高境界都不在热烈。就诗人之所以为人而论，他所感到的欢喜和愁苦也许比常人所感到的更加热烈。就诗人之所以为诗人而论，热烈的欢喜或热烈的愁苦经过诗表现出来以后，都好比黄酒经过长久年代的储藏，失去它的辣性只剩一味醇朴。""这里所谓'静穆'（serenity）自然只是一种最高理想，不是在一般诗里所能找得到的，古希腊——尤其是古希腊的造型艺术——常使我们觉得这种'静穆'的风味。'静穆'是一种豁然大悟，得到归依的心情。它好比低眉默想的观音大士，超一切忧喜，同时你也可以说它泯化一切忧喜。这种境界在中国诗里不多见。屈原、阮籍、李白、杜甫都不免有些像金刚怒目、愤愤不平的样子。陶潜浑身'静穆'，所以他伟大。"①

所谓静穆，是一种摆脱功利心之后，人与人、人与自然的和谐，以及形神合一的内心宁静，是一种含蓄蕴藉的境界和抱朴守静的诗心。京派文学作品充分体现这种美学风格和文学审美意识。京派文人多有恋乡情结，虽身处都市，却热衷于自己童年和乡土生活题材，描绘梦境中的故乡形象。京派作家气质上更接近抒情诗人，注重自然景物的描绘。如废名的《菱荡》《竹林的故事》《桥》，沈从文的《边城》，芦焚的《落日光》《果园城记》等，自然景物的描绘占了相当大的比重。一些作品开始即作景物描写，如《竹林的故事》中，"出城一条河，过河西走，坝脚下有一簇竹林，竹林里露出一重茅屋，茅屋两边都是菜园。"《史家庄》中，"现在这一座村庄，几十步之外，望见白垛青墙，三面是大树包围，树叶子那么一层一层的绿，疑心有无限的故事藏在里面，露出来的高枝，更如对了鹞鹰

---

① 朱光潜：《说"曲终人不见，江上数峰青"》，《朱光潜全集》第8卷，安徽教育出版社1993年版，第396页。

的脚爪，阴森得攫人。瓦，墨一般的黑，仰对碧蓝深空。"《落日光》中，"林外溶溶流着一条小河；水面反映着云光，油似的微起涡浑。从田庄通过树林，又跨上河上的小桥，有一条路"等等。这些景色描写立即引领读者进入优美的田园风光。京派作家作品中有许多相似的意象，如青山、河水、竹林、茅屋、橹、白帆、落日、云影、暮色、塔等，这些意象构成了一幅澄明、清澈、纯稚、简洁的山水画，敷了一层闲淡的色彩。人是这些景色的灵魂，优美幻化的风景孕育了健康、自然的人性。如沈从文所描写的湘西世界中，无论是农民、士兵、猎人、水手、渔夫、娼妓，都那么真挚、热情、淳厚、善良，重情谊，守信用，慷慨好客，显示出一种原始古朴的人性美、人情美。《竹林的故事》中，竹林茅舍、溪流菜园的宁静环境与含蓄淑静的少女品格相交融、映衬，使翠竹般的风姿烘托出清溪样的心情。就在京派作家的这种诗意抒写中，其中的人、景、象、情是高度浑然一体的，呈现出的是一幅和谐宁静的乡村中国的自然人事风情画。

综上所述，在京派所营构的文学创作世界中，他们始终坚守以文学为本位的艺术价值追求，在"用人心人事作曲"和传统的创造性转换两大主要文学创作思想的引领下，形成了以人性为基点的文化追求和以静穆为理想的审美追求，无论在文学的内容还是在文学的形式上都开拓出一种新的境界和品格，彰显出京派文学自身在万象毕呈的中国现代文学图谱中所拥有的一片独立的天地。

第五章　京派文学批评思想主体论

从文学流派的构成要素看，京派并不是一个"全型"的文学流派，[①]但是从京派的实绩看，它又确实是一个"全型流派"，或者说是"全能流派"。在中国现代文学诸流派中，京派不仅仅以文学创作立世和传世，同时它还在文学理论建设和文学批评实践方面作出重大贡献，这样，京派作为一个流派的实际所指就应该内含文学创作流派和文学批评流派的双重含义，两者互为表里，共同耸立于中国现代文学的历史叙述中。在中国现代文学批评史上，京派的批评家群体阵容强大，其中周作人开启先锋，李健吾、沈从文、朱光潜、梁宗岱、李长之、萧乾等终使京派批评成巍然大观，他们的出现使批评回归到文学本身，代表了中国现代文学批评真正地走向"文的自觉"——审美的文学批评时期。另外，京派批评家往往都是身兼多任，他们既是创作家也是批评家或理论家，这种创作、批评和理论建设的多管齐下使他们的文学批评不自觉地具有一种张力。原因在于他们的创作、批评和理论建构并非不相粘附，就京派文学批评来说，它既是他

[①] 杨义通过对中国现代文学流派发展实践的考察，认为流派作为一个有生命的文学构成和文学过程，不同程度地具备五个要素，即风格要素，师友要素，交往行为要素，同人刊物和报纸专栏要素，社团要素。而京派没有正式成立社团的举措，所以算不上是全型流派。参见杨义：《京派海派综论》，中国社会科学出版社2003年版，第187–191页。

们创作实践的一种理论总结，也是他们文学理想的一次张扬。在此意义上，京派的文学批评在彰显他们所具有的审美批评的个性和特色的同时，其中所表现出的批评观自然应该成为我们建构京派文学思想时不可或缺的一个重要组成部分。

第一节　以艺术的名义：精神建构、批评原则和美学意识

如果按照20世纪法国文学批评家阿尔贝·蒂博代对批评形态的界定，[①]京派的文学批评应该属于“大师的批评”。在蒂博代的描述里，“大师的批评”不同于以“趣味”为转移的“自发的批评”，也不同于以“评判、分类、解释”为己任的“职业的批评”，它是一种“寻美的批评”，注重直觉、讲求批评家与作家及作品间的意识的遇合，它“根据支配作品的精神来阅读”作品，这样，就必定会因在作品中发现了美而惊喜，自己仿佛也成了美的创造者。而京派理论家朱光潜从美学的角度阐述文艺批评时，认为从事文艺批评的人不能不研究美学，因为他们要说的是价值，“而美学则是关于文艺的价值论”，所以“严格地说，文艺批评应该就是应用美学”。[②]由此可以见出“大师的批评”所体现出的对美的发现和创造的实质正是京派文学批评家所追求的文艺价值论，这也就决定了他们的批评很少纠缠于文学的外部关系，而是直逼文学自身，“以艺术的名义”从事文学批评成为京派批评家们所共同秉持的信条。这种“以艺术的名义”在

---

①　阿尔贝·蒂博代认为存在三种文学批评形态，即自发的批评、职业的批评和大师的批评。参见阿尔贝·蒂博代：《六说文学批评》，赵坚译，生活·读书·新知三联书店2002年版。

②　朱光潜：《美学的最低限度的必读书籍》，《朱光潜全集》第8卷，安徽教育出版社1993年版，第399–400页。

京派批评里大致包括三个维度：一是由对文学批评本体的认识而对批评家自身的主体精神进行建构，这进而又决定着批评的原则和态度问题；二是文学批评的对象是文学作品，在批评标准和方法上坚持"文学的尺度"；三是批评文章本身应是一个艺术的作品。

在京派批评家看来，批评并不是创作的附属品，它本身就是一种独立的艺术，有着自身的尊严。李健吾曾从批评家与创作家各自创造材料的不同指出："创作家根据生料和他的存在，提炼出他的艺术；批评家根据前者的艺术和自我的存在，不仅说出见解，进而企图完成批评的使命，因为它本身也正是一种艺术。"① 他还指出："批评之所以成功一种独立的艺术，不在自己具有术语水准一类的零碎，而在具有一个富丽的人性的存在。"② 这也就是说，批评之所以为一种独立的艺术，关键在于批评家自我在批评过程中发挥着积极的能动性作用，从而使批评具有了创造性。"一个真正的批评家，犹如一个真正的艺术家，需要外在的提示，甚至于离不开实际的影响。但是最后决定一切的，却不是某部杰作或者某种利益，而是他自己的存在，一种完整无缺的精神作用，犹如任何创作者，由他更深的人性提炼他的精华，成为一件可以单独生存的艺术品。"③ 批评家自我既然在批评中占据极为重要的地位，那么对这种自我主体的精神建设就显得异常重要。以往在论述京派文学批评观或批评思想时，更多地倾向于对京派批评本体所贯彻的美学原则、批评标准和方法等的关注，相当程度上忽视了京派批评家对自我主体的精神确立，而这种精神确立在根本上又决定了批评的原则和态度问题，因此我们认为它应构成京派文学批评思想的一个重要方面。

我们还知道，京派作为一个批评流派所展示出的丰富的批评成果并非只

---

① 李健吾：《咀华集·跋》，《咀华集·咀华二集》，复旦大学出版社2005年版，第93页。

② 李健吾：《爱情的三部曲——巴金先生作》，《咀华集·咀华二集》，复旦大学出版社2005年版，第1页。

③ 李健吾：《答巴金先生的自白》，《咀华集·咀华二集》，复旦大学出版社2005年版，第16页。

是空穴来风地一展他们的文学理想，他们的批评实践在当时也具有较强的现实性诉求，直指当时文坛上存在的不正批评风气。沈从文认为在三十年代的文坛习气下造成了两种批评家："一为与商人或一群一党同鼻孔出气的'雇佣御用批评家'，一为胡乱读了两本批评书籍瞎说八道的'说谎者'。前者领导青年读书，后者领导青年不读书。"①李健吾写《咀华集》的"另外一个原因"甚或"另外一个反动"就是由于他"厌憎既往（甚至于现时）不中肯然而充满学究气息的评论或者攻讦"。②在这些所谓的批评家身上，"批评变成一种武器，或者等而下之，一种工具"，③共同践踏着批评的尊严。而京派批评家所认识的批评也正如李健吾所说的，"批评不像我们通常想象的那样简单，更不是老板出钱收买的那类书评。它有它的尊严。犹如任何艺术具有尊严；正因为批评不是别的，也只是一种独立的艺术，有它自己的宇宙，有它自己深厚的人性做根据。"④可以说，京派批评家对当时文坛批评习气下所造成的批评者自我迷失和精神偏枯现象有着强烈的不满，他们的批评正是对此现象的一种强有力的纠正。在此，沈从文和李健吾共同指出了"诚实"对于文学批评者的重要性。沈从文说自己收在《现代中国作家评论选》中的文章"若毫无可取处，至少还不缺少'诚实'"，他又特别指出"不要看轻诚实，到如今的世界，看完了一本书，看懂了这个人作品，再来说话的批评家，实在就不多了"！⑤李健吾则朗然地表示他"不打算信口开河，一意用在恭维"，"尤

①沈从文：《现代中国作家评论选题记》，《沈从文全集》第16卷，北岳文艺出版社，2002年版，第327-328页。

②李健吾：《咀华集·跋》，《咀华集·咀华二集》，复旦大学出版社2005年版，第94页。

③李健吾：《咀华集·跋》，《咀华集·咀华二集》，复旦大学出版社2005年版，第94页

④李健吾：《答巴金先生的自白》，《咀华集·咀华二集》，复旦大学出版社2005年版，第16-17页。

⑤沈从文：《现代中国作家评论选题记》，《沈从文全集》第16卷，北岳文艺出版社，2002年版，第327页。

其是在现时，一个批评者应当诚实于自己的恭维。"①

其实早在1923年，周作人在《文艺批评杂话》中就已强调批评者在批评中应具有"诚和谦"的精神，其中"诚"即"诚实"，"谦"即"宽容"，将批评者的主体精神确立与批评原则确立两相结合了起来。周作人推崇法郎士的印象主义批评，他认为"真的文艺批评，本身便应是一篇文艺，写出著者对于某一作品的印象与鉴赏，决不是偏于理智的论断"。②批评者因人间共同的情感可以去了解一切作品，但也会因后天养成的不同趣味生出差别以致爱憎之见，这些在他看来都无可厚非，但他同时清醒地告诫人们"这只是我们自己主观的迎拒，不能影响到作品的客观的本质上去"，作品的"绝对的真价我们是不能估定的"。③由此指出，"所以我们在要批评文艺作品的时候，一方面想定要诚实地表白自己的印象，要努力于自己表现，一方面更要明白自己的意见只是偶然的趣味的集合，决没有什么能够压服人的权威；批评只是自己要说话，不是要裁判别人。"④当然，周作人对"诚和谦"的批评精神的倡导与他其时"自己的园地"的文学观的形成有着必然的联系，但这一主张却在京派作家中发生着群体化的"共鸣效应"。沈从文反对将批评与"政见""友谊""商业"相结合，维护批评的独立性，他所期望的批评家是这样的："忘记自己是'导师'，却愿意作读者的'朋友'，能用一种缜密，诚实，而又谦虚的态度，先求了解作品，认识作品，再把自己读过某一本书某一个作品之后的印象与感想，来

①李健吾：《咀华集·跋》，《咀华集·咀华二集》，复旦大学出版社2005年版，第94页

②周作人：《文艺批评杂话》，钟叔河编：《周作人文类编》③，湖南文艺出版社1998年版，第575页。

③周作人：《文艺批评杂话》，钟叔河编：《周作人文类编》③，湖南文艺出版社1998年版，第577页。

④周作人：《文艺批评杂话》，钟叔河编：《周作人文类编》③，湖南文艺出版社1998年版，第578页。

同读者谈谈的。"①李健吾则反对在批评中预先设立一种"标准",带着"成见"出发。虽然"标准"帮助完成我们的表现,但同时也妨害我们的表现,②强调批评主要是一种主体心灵的活动。杨振声则提出"了解与同情之于文艺"的态度。就文艺批评而言,他说:"我们对于批评文艺的人,要求先了解这件作品,不算过分的要求吧?了解而不同情,这是平常的事。不同情就骂,这只能算情感的发泄,不能算文艺批评。"③而真正的批评并不是"谩骂"和为了"发脾气",更不是"恭维",它是"微美地指出其长处,微惜地指出其短处,尤其是指人短处,是需要个态度。"④他们的这些见解总体上和周作人"诚和谦"的文学批评精神是一脉相承的。

"诚和谦"的主体精神在深层次上反映出京派作家的文学态度和批评态度。京派作家主张严肃纯正的文学态度,把文学当作一种事业,需要以宗教般的虔诚待之,在这种文学态度的确立中,"诚实"的主体精神品格是与之相随的。其中关于"诚实"之于文学者态度的重要,沈从文的论述尤为充分。在二十世纪三十年代初,沈从文在为青年作者如戴南冠、高植、谢冰季、王坟、刘宇、李连萃、李同愈、程一戎、萧乾等人的作品集作序时,即对他们"莫不以最诚实的几乎也是严肃的态度,使整个的生命放在创作上"的"带着一点傻样子的努力"感到"极其佩服"。⑤这可以视作沈从文从侧面对"诚实"精神的一种倡导。而在《文学者的态度》一文中,他由侧面走向正面。文章虽然引发了后来著名的"京海之争",但在

---

①　沈从文:《关于"批评"的一点讨论》,《沈从文全集》第17卷,北岳文艺出版社2002年版,第398页。

②　李健吾:《爱情的三部曲——巴金先生作》,《咀华集·咀华二集》,复旦大学出版社2005年版,第1页。

③　杨振声:《了解与同情之于文艺》,《杨振声选集》,人民文学出版社1987年版,第298页。

④　杨振声:《了解与同情之于文艺》,《杨振声选集》,人民文学出版社1987年版,第298页。

⑤　沈从文:《连萃创作一集序》,《沈从文全集》第16卷,北岳文艺出版社2002年版,第314页。

沈从文看来，论争已溢出文章的本意。它的本意在于指责文坛的"玩票白相"现象，从道德和文化"卫生"的观点出发消除这种恶风气，提倡严肃健康纯正的文学态度。①沈从文用一种非常亲切的口吻描述了家中大司务老景的行状："这个大司务明白他份上应明白的事情，尽过他职务上应尽的责任，作事不取巧，不偷懒，作过了事情，不沾沾自喜，不自画自赞，因为小小疏忽把事情作错了时，也不带着怀才不遇委屈牢骚的神气。""说好他不觉得可骄，说坏他不恼羞成怒。"这一切说到底，沈从文认为在于"他对于工作尽他那份职业的尊严"。以老景的态度为范，对比文坛上一些作家的态度，沈从文的意图不显自明，即希望文学者的态度应像大司务一样，一切规规矩矩。正是在这种对比中，沈从文提出了产生伟大作品的方法，他说："伟大作品的产生，不在作家如何聪明，如何骄傲，如何自以为伟大，与如何善于标榜成名；只有一个方法，就是作家'诚实'去做。"当然，这里的"方法"不是方法论层面的，它指向的是精神层面的文学态度问题，即不应在宣传上努力，而应在创作实绩上努力。在40年代，沈从文将"诚实"的文学态度上升到文学理论的高度加以确认，对其内涵作了自己的阐释。他慨叹当时文坛的现实，虽然"诚实"二字被文学作家和理论家时常提出，但大多数都怕与之对面，原因在于它"似乎是个乡巴佬使用的名词"，"附于这个名词下的是：坦白，责任，超越功利而忠贞不易，超越得失而有所为有所不为。"②他对当时文坛阿谀群众、阿谀老板以及认为幽默为人生第一的文学创作态度进行了全方位的批评，强调了"诚实"之于文学态度改变而对中国文学发展的积极作用。与沈从文着眼于文学态度的总体上强调不同，林徽因则标举"诚实"在具体文学创作活动中的重要性。在《〈文艺丛刊小说选〉题记》中，她代表京派群体表达

---

① 沈从文：《关于"海派"》，《沈从文全集》第17卷，北岳文艺出版社2002年版，第59页。

② 沈从文：《短篇小说》，《沈从文全集》第16卷，北岳文艺出版社2002年版，第501-502页。

了对于"作者与作品的见解"："作品最主要处是诚实。诚实的重要还在题材的新鲜，结构的完整，文字的流丽之上。即作品需诚实于作者客观所明了，主观所体验的生活。"这里所谓的"诚实""并不是作者必须实际的经过在作品中所提到的生活，而是凡在作品中所提到的生活，的确都是作者在理智上所极明了，在感情上极能体验得出的情景或人性。"①显然，林徽因在此强调的是作家创作要忠于自己的情感体验，主张情感的"诚实"，同样对主体精神提出了要求。批评活动在京派作家身上实质上与创作活动是一种异质同构的关系，他们对主体"诚实"精神的推崇必然在文学批评中留下深刻的印记。京派是印象主义批评的忠实实践者，其批评在总体上只是忠于自己的印象，既不阿谀作者，也不苛刻作品，诚实地表明自己的意见和愿望而已。

京派批评家所倡导的"谦"的精神实是因"诚"而来，在周作人的表述里，我们不难发现两者的顺承关系。在他们看来，批评只是诚实地复述自己对作品的印象，它只是批评者一种主观的迎拒，不能决定作品客观的真价，所以不能把自己的意见定于一尊，视为法理的判决和裁断。由此他们对自我主体提出了"谦"的要求。但在这一精神的背后，更多蕴含着他们对批评客体所持的宽容的文学批评原则和态度。对于批评客体，他们尊重作家创作个性的自由抒发，反对批评者以"法官"自居，拿所谓的文艺标准、"规范"和"纪律"去求统一。周作人早在1923年的《文艺上的宽容》中就曾说道："个人的个性既然是各各不同（虽然在终极上仍有相同之一点，即是人性），那么表现出来的文艺，当然是不相同。现在倘若拿了批评上的大道理去强迫统一，即使这不可能的事情居然出现了，这样的文艺作品已经失去了他唯一的条件，其实不能成为文艺了。"在京派的批评实践中，这特别表现在他们对青年作家创作的维护上。"五四"时期周作人对郁达夫的

---

① 林徽因：《〈文艺丛刊小说选〉题记》，陈学勇编：《林徽因文存》（散文书信评论翻译），四川文艺出版社2005年版，第144页。

《沉沦》、汪静之的《蕙的风》的批评，三十年代李健吾对卞之琳、何其芳、萧乾、林徽因、曹禺等的批评，以及沈从文、萧乾等主持《大公报》文艺副刊时对青年作者的扶植等等，都是非常典型的例子。京派主张宽容的文学批评原则，归根结底与他们对文艺的本性的认识是分不开的。对于文艺的本性，他们认为"自由是文艺的本性"，①"宽容是文艺发达的必要的条件"，②由此主张宽容的文艺生长论。基于此，他们在文学批评上遵循文艺自身的规律，自觉地在"宽容"原则下去确定文学批评的职能。

除此之外，京派主张"宽容"的批评原则，还有着他们对新文学发展的一种更深的隐忧。周作人二十年代在《文艺上的宽容》《文艺的统一》等文中就表示出在新文学站稳脚跟后，要防止出现新的"文艺大一统"和"思想专利"的现象，反对"凭了社会或人类之名，建立社会文学的正宗，无形中厉行一种统一"。③所以在他的意见里，"宽容"还指向文坛"已成势力对于新兴流派的态度"，而作为批评家，聪明者不妨属于已成势力的一分子，但同时对新兴流派要予以理解和承认。④京派发展到三十、四十年代，对文坛争斗和宗派主义倾向深恶痛绝，在他们看来，"文学上只有好坏之别，没有什么新旧左右之别"，⑤坚决杜绝门户派别之见。面对文学界联合战线的建立及意义，也是强调"宽容"的

① 朱光潜：《自由主义与文艺》，《朱光潜全集》第9卷，安徽教育出版社1993年版，第481页。
② 周作人：《文艺上的宽容》，张明高、范桥编：《周作人散文》第2集，中国广播电视出版社1992年版，第202页。
③ 周作人：《文艺的统一》，张明高、范桥编：《周作人散文》第2集，中国广播电视出版社1992年版，第200页。
④ 周作人：《文艺上的宽容》，张明高、范桥编：《周作人散文》第2集，中国广播电视出版社1992年版，第203页。
⑤ 朱光潜：《〈文学杂志〉复刊卷头语》，《朱光潜全集》第9卷，安徽教育出版社1993年版，第242页。

态度，"宽容能否存在决定联合战线能否持久和具有意义"。①所以，"宽容"这一原则对新文学发展上一度产生的宗派主义倾向有着明显的针砭性。关于这一点，在京派的批评实践中也是得到了很好的贯彻。京派对左翼文学一直颇有微辞，但他们明确表示要"容纳左翼作家有价值的作品，以及很公正的批评这点作品。同情他们，替他们说一点公道话。"②李健吾在他的《咀华二集》里也以较大的热情评价了萧军、叶紫、夏衍等左翼作家的创作，尽管对他们的艺术表现上的欠缺提出各自不同的批评意见，但处处持宽容之心，对他们所共同体现出来的"力"的文学的特质进行了肯定。

京派批评家注重自我主体的精神建构，与此相应，他们对批评主体高度地尊重。对于自己的批评，京派批评家一方面不以为是"圣经"和"法律"，另一方面也从来不菲薄自己的意见，不说某党某派，即使是来自作家的自白，他们也不轻易地屈从。其中理由在于"一个批评家有他的自由"，他"属于社会，然而独立"。③这里较为突出的例子是李健吾。他曾对巴金的《爱情三部曲》和卞之琳的《鱼目集》进行批评，认为"热情"铸成了巴金的艺术特质，在《鱼目集》的《断章》一诗里则看到诗人寓人生是装饰的悲哀，这些意见分别遭到了作者的反驳，巴金认为"热情"不符合创作意图，卞之琳则强调《断章》着重表达相对的关联。面对作者的自白，李健吾并未轻易放弃自己的看法。相反，他则认为作家的创作意图和批评家的经验是"两种生存，有相成之美，无相克之弊"，④两者的参差

---

① 沈从文：《文学界联合战线所有的意义》，《沈从文全集》第17卷，北岳文艺出版社2002年版，第113页。

② 沈从文：《上海作家》，《沈从文全集》第17卷，北岳文艺出版社2002年版，第44页。

③ 李健吾：《咀华二集·跋》，《咀华集·咀华二集》，复旦大学出版社2005年版，第185页。

④ 李健吾：《答巴金先生的自白》，《咀华集·咀华二集》，复旦大学出版社2005年版，第15页。

虽是批评的难处，却正是"它美丽的地方"，①因此谁也不能强谁屈就。这当中实际上已经涉及批评的独立性和创造性的问题，而这正是京派批评家自我主体精神的高扬之处。所以就李健吾对卞之琳诗的解读，朱光潜也加以声援："刘西渭先生有权力用他的特殊的看法去看《鱼目集》，刘西渭先生没有了解他的心事；而我们一般读者里，尽管各人都自信能了解《鱼目集》，爱好它或是嫌恶它，但是终于是第二个以至于第几个的刘西渭先生，彼此各不相谋。"②

京派是现代审美主义的代表，他们往往按照纯美的理想来进行文学创作，这一文学创作理想也同样反映到他们的批评上来。在京派批评家李健吾的文学批评里，我们发现他对一个作家最高的礼赞不是什么"小说家"或"诗人"之类的称谓，而是"艺术家"。他说巴尔扎克只能是小说家，福楼拜才是真正的艺术家，沈从文是"一个渐渐走向自觉的艺术家"。③他之所以给出这样的判断，全在于对他们作品艺术表现上的考量。他说："同是艺术，全注重表现，全用力寻找表现的技巧。"④由此，在文学批评上他确立这样的美学意识：文学批评的对象是作品，在批评标准和方法上必须坚持"文学的尺度"。⑤尽管李健吾对"文学的尺度"这一概念未能在理论上给予系统性的阐释，但无论是在他还是京派其他批评家的文学批评实践中，一个既成的事实是，不管他们评论的是青年作者还是成名作家创作，他们从来都没有降低过对作品艺术表现上的标准的衡量。

---

① 李健吾：《答巴金先生的自白》，《咀华集·咀华二集》，复旦大学出版社2005年版，第17页。
② 朱光潜：《谈书评》，《朱光潜全集》第8卷，安徽教育出版社1993年版，第426-427页。
③ 李健吾：《边城——沈从文先生作》，《咀华集·咀华二集》，复旦大学出版社2005年版，第25页。
④ 李健吾：《答巴金先生的自白》，《咀华集·咀华二集》，复旦大学出版社2005年版，第15页。
⑤ 李健吾：《李健吾文学评论选·序一》，宁夏人民出版社1983年版，第8页。

　　这首先表现在京派批评家对艺术技巧的普遍重视上。"技巧"一词一方面因受流行观念的拘束，一直是个不讨好的名词，即所谓的雕虫小技，巧言令色之类；另一方面自新文学发生以来，文学一直承载着沉重的社会使命，特别是发展到二十世纪三十年代，因左翼文学的突起，往往"无视文字的德性和效率"，只"想望作品可以作杠杆，作火炬，作火药"，①文坛上忽视文学技巧的倾向十分突出。在此背景下，京派竖起"技巧"的大旗，力图对文坛上的这种现象纠偏。为此，沈从文写过专文《论技巧》，萧乾也作了《为技巧申冤》的专论。在京派批评家看来，艺术与技巧原本就是不可分的。李长之认为"技巧是文艺之别于一般别的非文艺品的惟一特色"，②正是因为技巧的存在，文艺才与非文艺区分开来。而一个作品的成立和成败，也分别是"从技巧上着眼的"和"决定在技巧上的"，③他们不承认存在一部"没有组织与文字上的技巧"的伟大的作品。④而在李健吾的眼里，"一部文学作品之不同于另一部，不在故事，而在故事的运用；不在情节，而在情节的支配；不在辞藻，而在作者与作品一致。"⑤这实则也是技巧的使然。正是在此意义上，他认为林徽因的《九十九度中》"把人生看作是一根合抱不来的木料"的独特看法是"最富有现代性"的，⑥因为"一件作品的现代性，不仅仅在材料，而大半在观察、选择和

　　① 沈从文：《论技巧》，《沈从文全集》第16卷，北岳文艺出版社2002年版，第473页。
　　② 李长之：《李长之批评文集》，珠海出版社1998年版，第387页。
　　③ 沈从文：《论技巧》，《沈从文全集》第16卷，北岳文艺出版社2002年版，第471页。
　　④ 沈从文：《风雅与俗气》，《沈从文全集》第17卷，北岳文艺出版社2002年版，第212页。
　　⑤ 李健吾：《九十九度中——林徽因女士作》，《咀华集·咀华二集》，复旦大学出版社2005年版，第34页。
　　⑥ 李健吾：《九十九度中——林徽因女士作》，《咀华集·咀华二集》，复旦大学出版社2005年版，第35页。

技巧"。①对技巧的倚重使京派批评家自觉地将作品的艺术表现作为他们评价一部作品的基本尺度，而在他们的批评文本里，注重对作品艺术表现的分析也成为他们文学批评的重要特色所在。

京派批评家反对忽视技巧，但并不意味着他们流入技巧趣味主义。在二十世纪三十年代三足鼎立的文学格局中，如果说左翼文学强调的是文学的社会意识，海派文学（主要指新感觉派小说）注重艺术形式的实验的话，那么京派文学则在社会意识与文学艺术之间追求平衡。他们认为：技巧非艺术，意识也非艺术。前者把技巧看作艺术，是"意识学究"；后者则贩卖意识，是"原则学究"。②由此明确地提出反对"纯技巧"和滥用技巧的做法。沈从文在批评新感觉派作家的某些作品时，就认为在他们身上不同程度地有着滥用技巧的倾向，以致"技巧逾量，自然转入邪僻"。③实际上，京派批评家在注重文学技巧的同时，还有着他们明确的美学诉求。对于技巧，他们曾作出这样的诠释：所谓"技巧"，"真正意义上应当是'选择'，是'谨慎处置'，是'求妥帖'，是'求恰当'。"④在此，他们深受中国古典审美主义理想的影响，追求"中和之美"，奉行"和谐""节制"和"恰当"的美学原则。

在京派批评家眼里，文学的世界是自足的世界，李健吾说道："一件艺术品——真正的艺术品——本身便该做成一种自足的存在。"⑤所谓"自足的存在"即强调它与实用世界相隔离，本身形成一个单纯而又完整的审美世界。对于这样的一个审美世界，京派共同认为"和谐"是其最高的美

---

① 李健吾：《九十九度中——林徽因女士作》，《咀华集·咀华二集》，复旦大学出版社2005年版，第34页。

② 李健吾：《〈使命〉跋》，《李健吾批评文集》，珠海出版社1998年版，第158页。

③ 沈从文：《论穆时英》，《沈从文全集》第16卷，北岳文艺出版社2002年版，第233页。

④ 沈从文：《论技巧》，《沈从文全集》第16卷，北岳文艺出版社2002年版，第471页。

⑤ 李健吾：《神·鬼·人——巴金先生作》，《咀华集·咀华二集》，复旦大学出版社2005年版，第20页。

学规范。梁宗岱指出："无疑地，所谓一件艺术品底美就是它本身各部分之间，或推而至于它与环绕着它的各事物之间的匀称，均衡与和谐。"①李健吾则认为"一个伟大的作家，企求的不是辞藻的效果，而是万象毕呈的完整的谐和"。②为了追求"和谐"的艺术理想，京派批评家对此展开了艺术表现上的探讨。朱光潜指出艺术和谐的创造，是艺术家选择和取舍的结果。"艺术家估定事物的价值，全以它能否纳入和谐的整体为标准，往往出于一般人意料之外。他能看重一般人所轻视的，也能看轻一般人所看重的。在看重一件事物时，他知道执着；在看轻一件事物时，他也知道摆脱。艺术的能事不仅见于知所取，尤其见于知所舍。"③这种艺术表现上的选择和取舍实质上就是京派所提倡的"节制"和"恰当"的原则，它在文学内容和形式两方面都有着具体的要求，正如萧乾所说的那样："一篇完美的作品，像个言行一致的人，必须以恰当的艺术表现恰当的经验或情感。"④

首先他们强调的是作者与作品的一致，即主张作家主体情感的表达要与作品的表现对象之间保持一种"恰当"。京派一般不反对作品的热情，但对于创作中趋于过盛的情感则是反感的。对于这种现象，沈从文指出"应当极力避去文字表面的热情"，⑤并以自己的创作经验加以丰富。他说自己的创作只是"情绪的体操"，在精神或情感方面就是使情感"凝聚成

① 梁宗岱：《诗·诗人·诗评家》，《梁宗岱文集》（Ⅱ），中央编译出版社2003年版，第187页。
② 李健吾：《九十九度中——林徽因女士作》，《咀华集·咀华二集》，复旦大学出版社2005年版，第33页。
③ 朱光潜：《"慢慢走，欣赏啊！"——人生的艺术化》，《朱光潜全集》第2卷，安徽教育出版社1987年版，第91页。
④ 萧乾：《书评研究》，《萧乾全集》第6卷，湖北人民出版社2005年版，第56页。
⑤ 沈从文：《给一个写诗的》，《沈从文全集》第16卷，北岳文艺出版社2002年版，第185–186页。

为渊潭，平铺成为湖泊"的体操，[1]而"神圣伟大的悲哀不一定有一摊血一把眼泪，一个聪明作家写人类痛苦或许是用微笑表现的"。[2]此外像卞之琳所说的"偶尔放纵"，"偶尔又过分压缩"，[3]朱光潜所提出的"文艺是最高度的幽默和最高度的严肃超过冲突而达到调和"[4]的见解以及他对"静穆"的文学境界的推崇都是此方面的具体表现。总之，京派主张"节制情感"，以防创作主体感情的过热或过冷而导致文学作品"和谐"性的丧失。其次，京派所主张的"和谐"还指向文学作品的结构组织，即围绕作品的各形式要素之间要达到匀称和均衡，内容和形式之间要求得完美的结合。这里我们可以稍稍品味一下沈从文对短篇小说文体的界定，其中不难发现他对小说创作的这种美学追求。与胡适所强调的"经济"不同，[5]沈从文认为短篇小说是"用文字很恰当记录下来的人事"。[6]其中"人事"属于内容，"恰当"指向艺术表现，将内容和形式并举。而"恰当"的意义就包含了"文字要恰当，描写要恰当，分配更要恰当"[7]这些艺术表现形式方面的要素，并认为一个"作品成功条件，就完全从这种'恰当'产

---

① 沈从文：《情绪的体操》，《沈从文全集》第16卷，北岳文艺出版社2002年版，第216页。

② 沈从文：《给一个写诗的》，《沈从文全集》第16卷，北岳文艺出版社2002年版，第186页。

③ 卞之琳：《雕虫纪历·自序》，《人与诗：忆旧说新》，安徽教育出版社2007年版，285页。

④ 朱光潜：《流行文学三弊》，《朱光潜全集》第9卷，安徽教育出版社1993年版，第25页。

⑤ 胡适对短篇小说的定义是，"用最经济的文学手段，描写事实中最精采的一段，或一方面，而能使人充分满意的文章。"参见胡适：《论短篇小说》，《胡适文存》（一），外文出版社2013年版，第176页。

⑥ 沈从文：《短篇小说》，《沈从文全集》第16卷，北岳文艺出版社2002年版，第493页。

⑦ 沈从文：《短篇小说》，《沈从文全集》第16卷，北岳文艺出版社2002年版，第493页。

生"。①京派之所以如此关注艺术形式的表现问题，自然与他们对"一篇好文章一定是一个完整的有机体，其中全体与部分都息息相关"②的整体认识是分不开的，并最终通过技巧的恰当运用而达到整篇作品的谐和。而京派批评家通过"节制"和"恰当"追求"和谐"的文学理想，使他们在文学批评中也自觉地以此为准绳来对作品进行臧否。

最后还要指出的是，京派文学批评的美学意识还体现在他们对批评文章本身的美学追求上。周作人在二十年代《文艺批评杂话》一文中就曾明确地指出真的文艺批评"本身便应是一篇文艺"，"而且写得好时也可以成为一篇美文，别有一种价值"。③朱光潜也认为"最有意义的批评往往不是一篇说是说非的论文，而是题材相仿佛的另一个作品。"④而"书评成为艺术时，就是没有读过所评的书，还可以把书评当作一篇好文章读"。⑤这里他们除了强调批评的主观性和创造性外，事实上还有着文学批评文章本身应具有文章之美，其本身就是一个艺术的作品之意。京派的文学批评文章，往往内容驳杂陆离，风格平淡自然，形式舒卷自如，具有很强的美文化特征。作为京派最后一个作家的汪曾祺在新时期就曾感叹当时许多评论家不大注意把文章写好，读之乏味，提出"评论文章应该也是一篇很好的散文"。⑥结合汪曾祺复出后所写的文学批评，其明显延续了三十、四十年代京派文学批评文章的美学风范。其实，京派批评文章之美在当时就受到

---

①　沈从文：《短篇小说》，《沈从文全集》第16卷，北岳文艺出版社2002年版，第493页。

②　朱光潜：《"慢慢走，欣赏啊！"——人生的艺术化》，《朱光潜全集》第2卷，安徽教育出版社1987年版，第91页。

③　周作人：《文艺批评杂话》，钟叔河编：《周作人文类编》③，湖南文艺出版社1998年版，第579页。

④　朱光潜：《谈书评》，《朱光潜全集》第8卷，安徽教育出版社1993年版，第424页。

⑤　朱光潜：《编辑后记》（二），《朱光潜全集》第8卷，安徽教育出版社1993年版，第549页。

⑥　汪曾祺：《汪曾祺文集·自序》（小说卷），江苏文艺出版社1994年版，第5页。

一些评论家的高度关注和称赞。李健吾在出版了《咀华集》和《咀华二集》后，书评家少若在评价两书时，不仅盛赞它们是文坛上批评部门的"宁馨儿"、建立了"若干文学理论"，还非常欣赏其中的文章之美，说"那一篇篇琳琅璀璨的文章，便足以成为第一流的文艺作品"。①

　　中国现代文学批评是借鉴西方文学批评的产物，在批评范式上更多地向西方靠拢，讲求理论性、系统性和科学性，在文体上采用的也是论说文体，注重文体的谨严。但自京派批评家的出现，他们似乎有意地来了一个"反动"，普遍地采用了具有美文化特征的随笔式文体，而京派批评文章之美首先就表现在这种批评文体的选择上面。在京派批评家中，李健吾对随笔式文体的借鉴颇为自觉。他在留法期间就喜欢蒙田的随笔，对其文章挥洒自如的风格非常赞赏，而在《咀华集》中也经常提到蒙田，说"他往批评里放进自己，放进他的气质，他的人生观"，"他必须加上些游离的功夫"。②出于对蒙田文体风格的追慕使其在批评文章中有意地使用了随笔式的批评文体。除李健吾外，周作人、沈从文、朱光潜、萧乾等人的文学批评基本上也是自觉地运用了这一文体。

　　京派随笔式批评文体的文章之美大体表现在两个方面，一是结构，二是语言。在结构上，京派的批评文章大凡松散自由，颇有些信马由缰，为文无法的味道，就像周作人评价废名的文章一样，如风如水，"大约总是向东去朝宗于海，他流过的地方，凡有什么汊港湾曲，总得灌注潆洄一番，有什么岩石水岸，总要披拂抚弄一下再往前去。"③这种结构的好处是批评家不必摆出一副严肃的面孔，他们只是努力地传达自己对作品的感受和印象，宛如"思想散步"一样，容易与读者形成一种

---

　　① 少若：《〈咀华集〉和〈咀华二集〉》，《文学杂志》2卷10期，1948年3月。
　　② 李健吾：《自我和风格》，《李健吾批评文集》，珠海出版社1998年版，第183-184页。
　　③ 周作人：《〈莫须有先生传〉序》，钟叔河编：《周作人文类编》③，湖南文艺出版社1998年版，第652-653页。

亲切的谈话氛围。在语言上，京派批评家乐于使用文学化的语言，用一管文学家的笔去写文学批评。京派批评家大都有着丰富的文学创作经验，他们往往将文学创作的直觉形象思维渗透在他们的文学批评之中，注重使用比喻和形容词等形象生动的语言，并简洁精练、富有诗意，从而大大扩展了读者的情感想象空间。京派的随笔式文学批评文体尽管在理论性、系统性、逻辑严密性等方面有着诸多不足，但在读多了高头讲章式的文学批评文章之后，我们来读京派的文学批评，也不啻是盛夏里的一副清凉剂。

第二节 "印象的复述"：在方法论的界面上

中国现代文学批评发展到二十世纪三十年代已趋向繁荣和成熟，这一时期文坛上不仅批评空气活跃，尤为重要的是，在文坛上活跃的批评家大凡都有着自己的文学批评的理论框架和批评个性。其中茅盾运用社会——历史批评，注重分析作品的时代性和社会性；胡风发挥"主观战斗精神"，着重剖析作家的精神结构，形成了体验现实主义的批评体系；周扬和冯雪峰则运用社会主义现实主义批评话语，并有效地将这一马克思主义批评中国化；而以李健吾为代表的京派批评家则共同表现出对印象主义文学批评的青睐，注重对作品的美感和风格进行鉴赏和分析。在以上批评家中，如果说茅盾、胡风、周扬和冯雪峰等人是力图通过文学批评为左翼文学建构一套理论话语体系的话，那么京派批评家的印象主义文学批评则更为关注文学作品内在世界的构成，体现出浓厚的审美主义倾向，对左翼文学批评所不同程度存在着的忽视文学性的倾向进行了纠偏，从而为中国现代文学批评提供了另一新的范例。

京派批评家推崇印象主义批评，关于这一点，他们纷纷自报家门，毫不讳言。在二十世纪二十年代，周作人在《文艺批评杂话》一文中就曾指责当时缺乏理想的文艺批评，赞赏法郎士的印象主义批评，认为"真的文艺批评"应该是"写出著者对于某一作品的印象与鉴赏"。[1]李健吾则一直视法郎士的"灵魂在杰作中的冒险"为至理名言，将其作为自己文学批评的要义。朱光潜根据文学批评的态度和方法将文学批评分为"导师"式的（"喜欢向创作家发号施令"）、"法官"式的（以自己心中存在的几条"纪律"来衡量作品）、"舌人"式的（考据家、注疏家之类，目的在让人了解）和"饕餮者"式的（即印象主义批评，"只贪美味，尝到美味只把它的印象描写出来"）四种，而他只倾向于"饕餮者"式的批评，并认为"凡是真的批评家都只叙述他的灵魂在杰作中的冒险"。[2]沈从文虽未专门介绍过印象主义批评，但也明确指出自己收在《沫沫集》中的文章对作家作品风格的把握"是近于抽象而缺少具体引证的"，只是一种"印象的复述"。[3]京派批评家基本上以这种自我认同的方式表达了对印象主义批评的自觉选择。

西方印象主义批评作为一种批评方法风行于19世纪后半期，是唯美主义文学思潮发展的产物，唯美主义的代表人物佩特和王尔德在主张"为艺术而艺术"的同时将其推向极端。王尔德在《作为艺术家的批评家》一文中认为："最高层次的批评的真正实质，即一个人灵魂的记录。""作为个人印象的最纯粹形式，其方法比创造更富于创造性。"[4]由此强调文学批评本身就是一门艺术，具有主观性、创造性和独立自足性，其唯一目的就是记录个人的印象。印象主义批评的基本原则在其代表者法郎士和勒麦特身

①周作人：《文艺批评杂话》，钟叔和编：《周作人文类编》③,湖南文艺出版社1998年版,第575页。

②朱光潜：《"灵魂在杰作中的冒险"——考证、批评与欣赏》,《朱光潜全集》第2卷，安徽教育出版社1987年版，第39-40页。

③沈从文：《论落华生》,《沈从文全集》第16卷，北岳文艺出版社2002年版，第161页。

④王尔德：《作为艺术家的批评家》，转引自赵澧等编：《唯美主义》，中国人民大学出版社1988年版，第159-160页。

上基本趋于完善。法郎士在其《文学生活》第一卷的序言中对印象主义批评的基本信条作了如下描述："优秀的批评家是这样一个人，他所讲述的是自己的灵魂在杰作中的探险活动。不存在客观的艺术，更不存在客观的批评，那些自以为不曾把他们自己放进作品中去的人，正是被最谬误的幻觉所欺骗的受害者……为了坦率起见，批评家应该说：'先生们，关于莎士比亚、拉辛、帕斯卡尔或歌德，我所讲述的就是我自己'——正是这些话题为我提供了一个良好的机会。"①法郎士所主张的"灵魂探险"意在强调批评的主观性，与王尔德如出一辙，他们全是艺术的享乐主义者。与法郎士一样，勒麦特也强调批评的主观性，不承认批评有所谓客观不变的标准。他说"所谓批评也者，无论它是独断的与否，无论它挂的是怎样的牌子，总都不外是阐发一件艺术作品在自己的某一时间由世界接受来的印象记录在那里。"②但勒麦特对印象主义批评原则有所补充，对其中的"印象"作出了更为合理的阐述，他说批评有"成为一种艺术的趋势——这便是一种欣赏书籍的艺术，一种增富并提纯人们由书籍接受的印象的艺术"。③正是这种"增富和提纯印象"使印象主义批评不至于流于随意肤浅，具有更高的水准和品质。综合以上西方印象主义批评代表人物的观点，印象主义批评具有如下原则和特点：一、文学批评同文学创作一样，是一种艺术，强调批评的主观性和创造性，批评是批评家在自我创造中的一种"自我完善"；二、由此，批评者的个人趣味和主观感受成为批评的唯一价值尺度；三、注重审美感受而轻视理性思考，认为批评只是印象的赏鉴。结合京派批评家的文学批评实践，我们可以发现京派批评家对以上原则和特点都有所接受，但同时也有着新的改造。

---

① 法郎士：《文学生活》，转引自杨冬：《文学理论：从柏拉图到德里达》，北京大学出版社2009年版，第184页。

② 勒麦特：《当代人物》，转引自琉威松编：《近世文学批评》，傅东华译，商务印书馆1928年版，第47页。

③ 勒麦特：《当代人物》，转引自琉威松编：《近世文学批评》，傅东华译，商务印书馆1928年版，第41页。

　　京派批评家对印象主义批评的接受，究其原因是多方面的。这里固然有着对当时文坛上存在的充满着学究气的文学批评现象的不满和纠偏，但最为根本的原因是他们同西方印象主义批评家一样，认为文学批评本身就是一门艺术。李健吾曾反复提到批评是一种艺术。他说批评不是别的，"也只是一种独立的艺术，有它自己的宇宙，有它自己深厚的人性作根据。"①又说"批评之所以成功一种独立的艺术，不在自己具有术语水准一类的零碎，而在具有一个富丽的人性的存在。"②朱光潜也认为"书评是一种艺术"。"像一切其它艺术一样，它的作者不但有权力，而且有义务，把自己摆进里面去，它应该是主观的，也就是说，它应该有独到见解。"③他们不认同批评有"客观的标准"和"普遍的价值"，强调批评的主观性和创造性，正是在这点上，京派批评家与印象主义批评的精神内核取得了相通。另外，还与京派批评家对文学作品本身世界的认识有关。在他们看来，文学作品一旦产生，其本身就是一个独立自足的世界。李健吾就曾说道："一件艺术品——真正的艺术品——本身便该做成一种自足的存在。"④梁宗岱也认为"一件成功的文艺品第一个条件是能够自立和自足"。⑤对于这样的一个世界，"形式和内容不可析离，犹如皮和肉之不可揭开。"⑥因此在批评中他们反对理论先行的做法。他们不否认批评者应该

---

　　① 李健吾：《答巴金先生的自白》，《咀华集·咀华二集》，复旦大学出版社2005年版，第16页。

　　② 李健吾：《爱情三部曲——巴金先生作》，《咀华集·咀华二集》，复旦大学出版社2005年版，第1页。

　　③ 朱光潜：《谈书评》，《朱光潜全集》第8卷，安徽教育出版社1993年版，第425页。

　　④ 李健吾：《神·鬼·人——巴金先生作》，《咀华集·咀华二集》，复旦大学出版社2005年版，第20页。

　　⑤ 梁宗岱：《屈原·自序》，《梁宗岱文集》（Ⅱ），中央编译出版社2003年版，第209页。

　　⑥ 李健吾：《九十九度中——林徽因女士作》，《咀华集·咀华二集》，复旦大学出版社2005年版，第33页。

具有理论，但理论只是"一种强有力的佐证，但不是唯一无二的标准"，①而由理论派生出来的任何主义和观点"不是一种执拗"，便是批评者的"一种方便"。②沈从文在二十世纪八十年代回答凌宇问及对他创作的批评文章哪些比较中肯时，他说道"凡是用什么'观点'作为批评基础的都没有说服力，因为都碰不到问题。"③此中表现的正是京派批评家反对批评中硬套理论的行为，因为在他们看来，真正而且唯一有效的批评，就是摒除一切生硬空洞的公式，"不断努力去从作品本身直接辨认，把捉，和揣摹每个大诗人或大作家所显示的个别的完整一贯的灵象"。④在京派的艺术理想中，他们一直强调直觉在创造和欣赏中的作用，因而在批评中主张一个作品"由直觉创出的仍然须以直觉体验出"，"分析几乎不可能"。⑤而理论和概念在批评中的过多介入无疑会对文学作品的整体世界构成阻隔，往往把文学一座七宝楼台拆分得不成片段，由此他们更愿意在批评中以一种浑然感悟的方式进入作品的艺术世界。这正是李健吾所指出的，在批评的过程中批评家"首先理应自行缴械，把辞句，文法，艺术，文学等武装解除，然后赤手空拳，照准他们的态度迎了上去"。⑥

在京派批评家的具体批评实践中，其印象主义批评的特点首先就是他们注重直观感悟，追求整体审美体验。这特别表现在他们对作家作品风格特征的把捉上。京派批评家总是善于对批评对象的整体风格进行品评。李健吾在评论巴金的《爱情三部曲》时，迅速把捉其"热情"的艺术风格，

---

① 李健吾：《边城——沈从文先生作》，《咀华集·咀华二集》，复旦大学出版社2005年版，第25页。

② 李健吾：《答〈鱼目集〉作者》，《咀华集·咀华二集》，复旦大学出版社2005年版，第76页。

③ 沈从文：《答凌宇问》，《中国现代文学研究丛刊》，1980年第4期。

④ 梁宗岱：《屈原·自序》，《梁宗岱文集》（Ⅱ），中央编译出版社2003年版，第210页。

⑤ 萧乾：《书评研究》，《萧乾全集》第6卷，湖北人民出版社2005年版，第56页。

⑥ 李健吾：《爱情三部曲——巴金先生作》，《咀华集·咀华二集》，复旦大学出版社2005年版，第3-4页。

"他生活在热情里面，热情做成他叙述的流畅。""他不用风格，热情就是他的风格。好时节，你一口气读下去；坏时节，文章不等上口，便已滑了过去。"①朱光潜评论周作人的《雨天的书》，也是首先就指出这本书的艺术特质："第一是清，第二是冷，第三是简洁。"②而沈从文在论废名、许地山、朱湘、闻一多等人时，往往都是开门见山，直奔他们的风格而去。比如在《论冯文炳》中，文章一开头就是对周作人的风格及其影响的把握："从五四以来，以清淡朴讷文字，原始的单纯，素描的美支配了一时代一些人的文学趣味，直到现在还有不可动摇的势力，且俨然成为一特殊风格的提倡者与拥护者，是周作人先生。"③从而对废名的风格也进行了勾勒和体味。可以说京派批评家对作家或作品风格的捕捉和传达主要依赖的是自己直观感悟的印象，这里几乎不存在理性的分析，但凭藉他们敏锐的艺术感觉，对所评对象往往都能作出十分中肯的结论。

京派的印象主义批评特点还表现在"灵魂在杰作中的冒险"。在京派批评家看来，文学批评的对象永远是作品，而作品作为一个独立和自足的世界，"它应该是作者底心灵和个性那么完全的写照，他所处的时代和社会那么忠实的反映，以致一个敏锐的读者不独可以从那里面认识作者的人格，态度，和信仰，并且可以重织他底灵魂活动底过程和背景——如其不是外在生活底痕迹。"④因此京派批评家在对作品印象的捕捉中，并不满足于停留在作品表面的浅层，而是"一直剔爬到作者和作品的灵魂的深

---

① 李健吾：《爱情三部曲——巴金先生作》，《咀华集·咀华二集》，复旦大学出版社2005年版，第8页。

② 朱光潜：《雨天的书》，《朱光潜全集》第8卷，安徽教育出版社1993年版，第190页。

③ 沈从文：《论冯文炳》，《沈从文全集》第16卷，北岳文艺出版社2002年版，第145页。

④ 梁宗岱：《屈原·自序》，《梁宗岱文集》（Ⅱ），中央编译出版社2003年版，第209页。

处"，①努力追求揭示由作品而显现出的作者之人性特征。这即所谓的"灵魂在杰作中的冒险"。李健吾认为，作为一个批评家，"他不仅仅是印象的，因为他解释的根据，是用自我的存在印证别人一个更深更大的存在，所谓灵魂的冒险者是，他不仅仅在经验，而且要综合自己所有的观察和体会，来鉴定一部作品和作者隐秘的关系。"②这种追求实质上正是京派印象主义批评的根本意旨，在具体的文学批评活动中，他们总是力图追寻和发现隐藏在作品背后的作家的内在心灵。为了达到对作家内在心灵世界的揭示，应该说京派批评家所采取的具体批评理路是不同的。一种是以沈从文和朱光潜为代表，他们往往从作品整体风格的把握中直接进入。沈从文在论废名时，认为《竹林的故事》《桃园》等早期作品显示出的是"静中的动，与平凡的人性的美。用淡淡文字，画一切风物姿态轮廓"，读其作品放佛可嗅到"牛粪气味与略带稻草气味的乡村空气"，从这种独具的艺术风格中沈从文揭示出废名的随性自在的"人格情性"。③而朱光潜解读废名的《桥》，说"《桥》里充满的是诗境，是画境，是禅趣"。"全书是一种风景画簿，翻开一页又是一页，前后的景与色都大同小异。"在总体印象的描述中朱光潜紧接着指出了隐藏在其背后的作者的内在心理世界，认为"废名先生不能成为一个循规蹈矩的小说家，因为他在心理原型上是一个极端的内倾者"。大凡小说家总是眼睛朝外看，把自我沉没到人物的性格里面去，而废名不同，他"眼睛却是朝里看"，笔下的人物"却都沉没在作者的自我里面，处处都是过作者的生活。小林，琴子，细竹三个主要人物都没有明显的个性，他们都是参禅悟道的废名先生"。④另一种是以李健

① 李健吾：《边城——沈从文先生作》，《咀华集·咀华二集》，复旦大学出版社2005年版，第24页。

② 李健吾：《边城——沈从文先生作》，《咀华集·咀华二集》，复旦大学出版社2005年版，第24页。

③ 沈从文：《论冯文炳》，《沈从文全集》第16卷，北岳文艺出版社2002年版，第146页。

④ 朱光潜：《桥》，《朱光潜全集》第2卷，安徽教育出版社1987年版，第553页。

吾为代表。李健吾对作品的解读通常从作者的"态度",即精神气质和个性入手,领略其风格特色并发现其心灵世界。比如在论沈从文的《边城》时,他将废名与沈从文进行比较,说"废名先生放佛一个修士,一切是内向的;他追求一种超脱的意境,意境的本身,一种交织在文字上思维者的美化的境界,而不是美丽的自身"。但沈从文"不是一个修士。他热情地崇拜美"。正是这一精神气质决定了沈从文小说的艺术特质,他"从来不分析","他所有的人物全可爱",而这折射出的恰是作者的心灵世界,因为"他对于美的感觉叫他不忍心分析,因为他怕揭露人性的丑恶"。①京派批评家的这种将作品的感悟分析上升到对作者内在心灵世界奥秘的揭示,使得他们的印象主义批评具有了一种深度模式。

以上所述,我们发现的是京派批评家对西方印象主义批评的借鉴并在批评实践中的具体体现,但对印象主义批评的原则,京派批评家在接受过程中并非照单全收。作为批评方法,印象主义批评在确立自身批评原则的同时,内在的缺陷也是明显的,这主要表现在以下两个方面:一、过度地夸大了批评的主观性和创造性,印象主义批评家往往按照"为艺术而艺术"的逻辑提出"为批评而批评"的观点,这必然导致对批评对象(作品)的轻视,容易陷入批评上的主观主义;而他们在主张以个人的审美趣味和主观感受作为批评的唯一价值尺度时,也较容易走向批评上的相对主义。二、过分强调审美感受而排斥理性思考,将文学鉴赏与文学批评混为一谈,忽视文学批评是一种理性活动,缺乏对批评对象作出价值判断。应该说京派批评家对印象主义批评的这些内在缺失是有着清醒认识的。在他们当中,李健吾对印象主义批评的了解最为广泛和全面,但他指出:"印象派的批评家自有其取祸之道",随口说好与不好,都是"等而下之的印

---

① 李健吾:《边城——沈从文先生作》,《咀华集·咀华二集》,复旦大学出版社2005年版,第26—28页。

象批评"。①朱光潜也曾指出印象派的缺点，即它只是觉得某一作品好，而没有说出为什么好，其中缺少"批评的态度"。②他们分别对印象派批评中的主观性的泛滥和缺乏科学的分析行为保持着高度的警惕。

京派批评家一方面强调自我主体在批评活动中的主观能动性，尊重自我，认为一个批评者有他的自由，但另一方面也强调一个批评者也有着自我的限制，"两者相克相长，形成一个批评者的存在。"③他们对主体自我在批评活动中的地位和作用有着十分辩证的认识，李健吾在《自我和风格》一文中对此作了明确的阐述。他比较了西方印象派的代表勒麦特和法郎士。勒麦特认为批评是一种印象的印象，照他看来一个批评家就是"不判断，不铺叙，而在了解，在感觉"，④其不足在于缺乏创造性。与勒麦特相比，法郎士则激烈得多，在他看来，批评家的自我即是批评的根据或标准，其积极意义如王尔德所言的批评本身是一种艺术，使批评独立。但李健吾也同时指出了法郎士的不足，认为"妨害批评的就是自我"，因为"如若学问容易让我们顽固、执拗、愚昧，自我岂不同样危险吗？"⑤与勒麦特的缺乏创造性和法郎士的过分夸大自我的印象主义批评观点相比，李健吾更愿意同情布雷地耶，因为在布雷地耶看来，批评是表现。强调在批评中如何去表现的问题，这种观点显然更能让李健吾加以接受。因此对于"自我与风格"在批评中的存在，李健吾作出了如下的认识："如若自我是印象主义批评的指南，如若风格是自我的旗帜，我们就可以说，犹如自

---

① 李健吾：《现代中国需要的文学批评家》，《李健吾批评文集》，珠海出版社1998年版，第19页。

② 朱光潜：《"灵魂在杰作中的冒险"——考证、批评与欣赏》，《朱光潜全集》第2卷，安徽教育出版社1987年版，第39页。

③ 李健吾.《咀华二集跋》，《咀华集·咀华二集》，复旦大学出版社2005年版，第186页。

④ 李健吾：《自我和风格》，《李健吾批评文集》，珠海出版社1998年版，第183页。

⑤ 李健吾：《自我和风格》，《李健吾批评文集》，珠海出版社1998年版，第184-185页。

我，风格有时帮助批评，有时妨害批评。"①（着重号为原文所加）同意于19世纪的圣佩夫所说的批评的天才"用不着有关自我"和"一个丰盈的批评的天才的条件，就是他自己没有艺术，没有风格"。②而这在李健吾看来，正可以对印象主义的批评作纠正。因为在李健吾的批评观念里，他始终认为"批评的成就是自我的发见和价值的决定。"③还认为"批评最大的挣扎就是公平的追求。"但"我的公平有我的存在限制"，因此在批评中追求"用力甩掉我深厚的个性"，"希翼达到普遍而永久的大公无私"。④这样在李健吾身上就存在一种"二极悖论"的现象，⑤既主张以自我个性为批评的根据，又追求甩掉个性以达到公正，在批评中实现对自我的提升。其实这种批评主张上的"二极悖论"现象在京派批评家中并非独李健吾使然，这一现象的背后实际上透视出的是京派批评家从来就没有忽视理性在批评中的价值和作用。朱光潜曾明确地指出了文学创造、文学欣赏和文学批评三者之间的关系和区别，说"创造是造成一个美的境界，欣赏是领略这种美的境界，批评则是领略之后加以反省"，⑥从而将"美感态度"和"批评态度"加以区分，认为批评是一种"名理的活动"。基于相同的认识，萧乾则认为"一个从事批评的人须兼有综合的'想象'及'科学'分析的本事"，他必须具有一颗情感和理性相平衡的心。⑦在面对该如何研究中国文学的问题时，周作人则提出鉴赏则要"抱一种主观的不客气的态

① 李健吾：《自我和风格》，《李健吾批评文集》，珠海出版社1998年版，第186页。

② 李健吾：《自我和风格》，《李健吾批评文集》，珠海出版社1998年版，第186-187页。

③ 李健吾.《咀华集跋》，《咀华集·咀华二集》，复旦大学出版社2005年版，第93页。

④ 李健吾.《咀华集跋》，《咀华集·咀华二集》，复旦大学出版社2005年版，第93-94页。

⑤ 黄键：《京派文学批评研究》，上海三联书店2002年版，第203页。

⑥ 朱光潜：《文艺心理学》，《朱光潜全集》第1卷，安徽教育出版社1987年版，第276页。

⑦ 萧乾：《书评研究》，《萧乾全集》第6卷，湖北人民出版社2005年版，第16页。

度”，但研究文学则要“用一种客观的态度”。①而李健吾说自己读书，不问左翼右翼，时髦潮流，“先让那本书涵有的灵魂与我的灵魂互相直接来往”，其后是理性出来决定其价值。②如此等等，表明京派批评家并非是西方印象派的那种艺术享乐主义者，在批评中主客观的态度并用、情感与理性相平衡才是京派印象主义批评的真义。

京派文学批评在注重直观感悟和整体审美体验的同时，理性思维也是渗入其间的。李健吾曾经指出：“任何人对于一本书都有印象，然而任何人不见其全是批评家，”而所有批评家的挣扎就是“使自己的印象由朦胧而明显，由纷零而坚固”。③赞成古尔蒙对批评家的建议：“一个忠实的人，用全付力量，把他独有的印象形成条例。”④从“独有的印象”到“形成条例”，正是以李健吾为代表的京派文学批评的具体步骤，独有印象的获得主要凭借直觉思维，而“形成条例”的过程，理性则介入其中。具体地说，在这一过程中，京派批评家主要使用了“比较的说明”和“综合的解释”两种方法。

比较方法的运用在京派文学批评实践中可以说是俯拾即是，几乎存在于他们每一篇批评文章之中。从比较范围来看，大致存在两种情形，一是局部比较，二是整体比较。其具体的做法是他们在复述某一作家或作品的印象时，往往将艺术个性和风格相近或相异的作家放在一起，发现两者间的同中之异和异中之同，从而使自我的印象得到明晰和加深，同时也便于读者的把握和理解。比如李健吾评论巴金的《爱情三部曲》，紧紧扣住巴金“热情”的艺术风格，为此他将废名和茅盾与巴金

---

① 周作人：《怎样研究中国文学》，钟叔河编：《周作人文类编》③，湖南文艺出版社1998年版，第153页。

② 李健吾：《与吉文书》，《李健吾批评文集》，珠海出版社1998年版，第277页。

③ 李健吾：《答巴金先生的自白》，《咀华集·咀华二集》，复旦大学出版社2005年版，第14页。

④ 李健吾：《答巴金先生的自白》，《咀华集·咀华二集》，复旦大学出版社2005年版，第15页。

进行了比较。他说废名是把哲理给我们，巴金是把青春给我们，"两者全在人性之中，一方是物极必反的冷，一方是物极必反的热，然而同样合于人性。"①既彰显两者的相同点，又指出两者的不同处。而提及叙述的流畅，他说茅盾的行文缺乏巴金的自然，显得"疙里疙瘩地刺眼"，并且比喻道："读茅盾先生的文章，我们像上山，沿途有的是瑰丽的奇景，然而脚底下也有的是绊脚的石子；读巴金先生的文章，我们像泛舟，顺流而下，有时连你收帆停驶的功夫也不给。"②这样从整体到局部，把自己的印象逐层渲染加浓，最终使其清晰凝固。又如沈从文论冯文炳，将废名的创作与自己的创作进行比较。两人均喜欢用"单纯的文体""素描风景画"和"不讲文法"的文章写法，由此见出两人的基本相同的风格。但沈从文又指出两者在作品上的分歧。废名所表现的只是农村社会"最小一片的完全"，其笔下的"一切与自然谐和，非常宁静、缺少冲突"；而自己是"用矜慎的笔，作深入的解剖，具强烈的爱憎有悲悯的情感"。③同中见异，使即使艺术风格相近的作家所给予读者的印象也明晰起来。京派批评家运用比较的方法，目的在于使自我的印象确立起来，其中尽管仍是直觉感悟的方式，但无疑也使印象更具条理性。另外，尤须指出的是，他们在比较中并不缺乏艺术上的价值判断，这就更是理性的使然了。比如上面举例到的李健吾对茅盾和巴金叙述行文的比较，茅盾"疙里疙瘩"，巴金流畅自然，他认为这也就是两大小说家"都不长于描写"的原因，"茅盾先生拙于措辞，因为他沿路随手捡拾；巴金先生却是热情不容他描写，因为描写的工作比较冷静，而热

---

① 李健吾：《爱情三部曲——巴金先生作》，《咀华集·咀华二集》，复旦大学出版社2005年版，第3页。

② 李健吾：《爱情三部曲——巴金先生作》，《咀华集·咀华二集》，复旦大学出版社2005年版，第8页。

③ 沈从文：《论冯文炳》，《沈从文全集》第16卷，北岳文艺出版社2002年版，第149–150页。

情不容巴金先生冷静。"①在描述巴金"热情"的艺术风格的同时也不客气地指出了其在艺术表现上的缺陷。而沈从文在将自己与废名比较中，认为废名只是"按照自己的兴味做了一部分所喜欢的事"，而自己创作中"表现出农村及其他去我们都市生活较远的人物姿态与言语，粗糙的灵魂，单纯的情欲，以及在一切生产关系下形成的苦乐"，"似较冯文炳君为宽而且优。"②实也是指出了废名的文学趣味的窄化。在《郁达夫张资平及其影响》一文中，更是在比较中将价值判断贯穿始终。沈从文说两人文学轮廓相同，但精神相去甚远。他们都是写男女情爱，但郁达夫所表现的"性的忧郁"能让人理解性苦闷以外的苦闷，自有其积极意义并让人感动；而张资平只是写三角或四角恋爱，"引起挑逗抽象的情欲感印"，是只会"给人趣味不会给人感动的"。③在比较中判别了两者的文学品格的高下。而这些艺术价值的决定从根本上说显然是他们按照自己的文学理想进行理性运思的结果。

京派文学批评总体上是"走内线"式的，直取作品的内在世界，但这不意味着京派批评家完全放弃"走外线"的方式，④他们也时常对作家作品采取"综合的解释"。所谓"综合的解释"，即在整体审美体验作品的艺术世界时，也结合其作者身世经历以及作品产生的时代环境、时代情绪和时代的审美追求等因素给予作品更为全面的分析和评价，在运用印象主义

---

① 李健吾：《爱情三部曲——巴金先生作》，《咀华集·咀华二集》，复旦大学出版社2005年版，第8页。

② 沈从文：《论冯文炳》，《沈从文全集》第16卷，北岳文艺出版社2002年版，第150页。

③ 沈从文：《郁达夫张资平及其影响》，《沈从文全集》第16卷，北岳文艺出版社2002年版，第193页。

④ "走内线"和"走外线"的说法取之于梁宗岱。梁宗岱把文艺的欣赏或批评分为两条路，一条是"走外线"的，即对作家的鉴赏、批评或研究，不从其作品着眼，而专注其种族、时代和环境；另一条是"走内线"的，认为与伟大的文艺作品的接触是用不着媒介的，真正的理解和欣赏是直叩作品之门，以期直达它的堂奥。《梁宗岱文集》（Ⅱ），中央编译出版社2003年版，第207–208页。

批评方法的同时融入传记批评和社会历史批评的方法。沈从文在《论中国创作小说》一文中曾非常清楚地表达这一方法的具体理路，他说他在这篇文章里将要说到的，"是什么作者，在他那个时代里，如何用他的作品与读者见面，他的作品有了什么影响，所代表的是一种什么倾向，在组织文学技术上，这作者的作品的得失"①，等等。在这里，世界、作家、作品和读者文学四要素全被批评者揽入其中，并环环相扣。就在这篇综概性的长文中，沈从文一共论及了自"五四"以来的四十多位作家，基本上都是将作者与时代及其作品加以综合所给出的解释和说明。另外如他评许地山，在总体把握许地山作品是将"基督教的爱欲"与"佛教的明慧"两相"调和"，具有"散文底诗质"风格的情况下，就结合了作者的身世经历分析了这种艺术风格的成因。说许地山"似乎是台湾人，长于福建，后受基督教之高等教育，肄业北京之燕京大学。再后过牛津，学宗教考古学，识梵文及其他文字。"②正是作者的这一环境和教育形成了他作品的自然倾向。而在李健吾的文学批评里，他对叶紫、萧军等左翼作家的批评也是大量涉及作者的身世经历和社会现实背景。比如评论萧军，写到"九一八"对其创作的巨大影响，东北大地上的雪原、蓝天以及粗大的树木、肥美的牛羊和强悍的人民"全要从他的生命走失"，所以他当了义勇军，在"萦回在他心头的玫瑰凋了"的情况下，"他拾起纷零的幻想，一瓣一瓣，缀成他余痛尚在的篇幅。"③由此指出"阶级斗争，还有民族抗战，是萧军先生作品的两颗柱石"。④正是这一社会现实的影响，李健吾甚至对萧军作品

---

① 沈从文：《论中国创作小说》，《沈从文全集》第16卷，北岳文艺出版社2002年版，第196页。

② 沈从文：《论落华生》，《沈从文全集》第16卷，北岳文艺出版社2002年版，第162页。

③ 李健吾：《八月的乡村——萧军先生作》，《咀华集·咀华二集》，复旦大学出版社2005年版，第110–111页。

④ 李健吾：《八月的乡村——萧军先生作》，《咀华集·咀华二集》，复旦大学出版社2005年版，第121页。

中频繁出现的惊叹号所显示的情感的毫无节制也给出了时代的解释，"我们无从责备我们一般（特别是青年）作家。我们如今站在一个漩涡里。时代和政治不容我们具有艺术家的公平（不是人的公平）。我们处在一个神人共怒的时代，情感比理智旺，热比冷要容易。我们正义的感觉加强我们的情感，却没有增进一个艺术家所需要的平静的心境。"①因此萧军作品的这种艺术表现上的缺失正是时代情绪的使然，李健吾对此并没有严苛地加以指责，而是给予理解和同情。

另外，"综合的解释"还包括在文学批评中将评论对象置于文学史的脉络和链条中，对其艺术成就、贡献和影响作出恰当的评价，具有"史论"的特点。京派批评家中除周作人外，大多不是文学史家，但他们并不缺少一种文学史意识。对于这一点，沈从文似乎表现得很有信心。他说自己收在《现代中国作家评论选》中的有些文章"注重在说明历史"，而他的说明"大体上还能符合历史"，这些文章本就预想是给将来写"现代文学史"者提供些参考的。②因此结合具体的文学历史发展阶段给作家作品以恰当的历史评价成为京派批评家在其批评实践中的一种自觉。沈从文在《论中国创作小说》一文中对"五四"以来四十多位小说作家创作的评价基本上都是在文学史坐标上作出的，自具有历史的眼光。比如他评汪敬熙的《雪夜》，就是将其放在中国现代小说第一期创作中加以评价的。认为这时期的小说是"非常朴素"的，大凡作者只是"用一个印象复述的方法，选一些自己习惯的句子，写一个不甚坚实的观念——人力车夫的苦、军人的横蛮、社会的脏污、农村的萧条，所要说的问题太大，而所能说到的却太小了"。而《雪夜》告诉我们的就是这期小说创作"在'主张'上的失败"，它不是一个"好作品"，却是"当时的一本作品"，是那个时代

①李健吾：《八月的乡村——萧军先生作》，《咀华集·咀华二集》，复旦大学出版社2005年版，第115页。

②沈从文：《〈现代中国作家评论选〉题记》，《沈从文全集》第16卷，北岳文艺出版社2002年版，第328页。

一个青年人守着当时的文学信仰，忠实诚恳地写成的一本书。①另外像李健吾评论卞之琳，也是将其置放在新诗发展演变的历史轨迹中加以考察的。他认为近20年的新诗发展走过了从音律的破坏到形式的试验，再到形式的打散三个阶段，在这条历史线索上他着重提到了徐志摩、郭沫若、李金发和戴望舒等人的成就、贡献和不足，正是在这样的线性演进中，他认为当时最有前途的诗人是卞之琳、何其芳等"几个纯粹自食其力的青年"，因为他们正是在新诗的"形式的打散"阶段"不止模仿，或者改译，而且是企图创造"的一群诗人。②这样看来，在京派的文学批评中，审美意识和文学史意识实际上也是交融汇合在一起的。

综上所述，对于京派的印象主义批评，我们不能简单地将其看作是对西方印象派批评的照搬，他们在接受的同时也作了诸多的改造。单就批评思维来讲，他们既吸纳"直觉表现"的理论，但也有着中国传统批评本就有的感悟和顿悟，其中不乏具有一种传统的现代性转换的意义。而在他们众多的批评实践中，他们更是将感性和理性、审美体验追求和艺术价值判断、审美意识和文学史意识相结合，与西方印象主义批评相比，他们的批评更具有包容性和开放性的品格。由此，我们也愿意这样来理解京派文学批评在方法论上所提供给我们的丰富思想。

---

① 沈从文：《论中国创作小说》，《沈从文全集》第16卷，北岳文艺出版社2002年版，第199页。

② 李健吾：《鱼目集——卞之琳先生作》，《咀华集·咀华二集》，复旦大学出版社2005年版，第60页。

第三节　"创造的批评"：京派文学批评的艺术品格

京派批评家追求和主张创造的批评，在批评方法上他们群体性地推崇印象主义的批评，究其原因固然是多方面的，比如有对当时文坛上充满学究气的文学批评的不满，也有主张以浑然感悟的方式更能进入文学作品的内在自足世界，但最为根本的原因是他们同西方印象主义者一样，认为批评是一种艺术，正是在这点上，他们与西方印象主义取得了精神上的相通。而在京派批评家看来，批评之所以成为一门艺术，是在它"具有一个富丽的人性的存在"[1]。"有它自己的宇宙，有它自己深厚的人性做根据。"[2]其中强调的是批评家主体在批评活动中的重要性，也就是说，正是批评主体在批评中的主观积极介入使批评具有了创造性。所以，在京派批评家的视界里，批评就是"灵魂在杰作中的冒险"，是"在文艺里理解别人的心情，在文艺里找出自己的心情，得到被理解的愉快"[3]。其本质与文学创作具有同构性，也是一种富于个性的创造。

京派批评家虽然主张批评是一种创造性的活动，但真正提出"创造的批评"观，并在理论上给予阐发的是朱光潜。在京派作家中，朱光潜素以理论建树著称，其从康德到克罗齐一脉相承的形式主义美学所建构起来的美学理论，如审美直觉说、距离说和移情说等等，与京派文学理想多有契合，从而在审美心理上为京派文学提供了理论基础。而在其理论体系中，

---

[1] 李健吾：《爱情三部曲——巴金先生作》，《咀华集·咀华二集》，复旦大学出版社2005年版，第1页。

[2] 李健吾：《答巴金先生的自白》，《咀华集·咀华二集》，复旦大学出版社2005年版，第16页。

[3] 周作人：《〈自己的园地〉旧序》，钟叔河编：《周作人文类编》③，湖南文艺出版社1998年版，第330页。

朱光潜对文学批评理论的探索和建设一直颇为自觉。早在二十世纪二十年代，朱光潜就曾指出中国传统文学批评"一失之于笼统，二失之于零乱"，对研究文学的人实没有大的帮助，主张中国文学批评应从西洋文学批评取法。①其后在《悲剧心理学》《文艺心理学》和《诗论》等著作中，都自觉地将文艺批评原理作为其理论建构的旨归之一。特别是《文艺心理学》，其宗旨就是"它丢开一切哲学的成见，把文艺的创造和欣赏当作心理的事实去研究，从事实中归纳得一些可适用于文艺批评的原理"。②而《诗论》则是运用《文艺心理学》中的批评原理对诗歌所作的"一个理论的检讨"。③可以说从理论到实践，朱光潜都为京派文学批评奠定了基础。而他所提出的"创造的批评"观，正是对京派丰富的文学批评实践所表现出来的艺术品格在理论上的概括和总结。

严格地说，"创造的批评"并不是朱光潜的理论独创，它是从西方近代美学中所酝酿出的一个观念。朱光潜通过对欧洲文学批评历史的考察，认为十八世纪以前是"判官式的批评"占据正统地位，"批评"与"判断"同义。而十九世纪以后，批评家的态度逐渐谦虚起来，"批评"先变为"诠释"，后来又变为"欣赏"。其中印象派和克罗齐派学者都把批评看作欣赏，印象派说"批评就是欣赏"，但克罗齐派更进一步，说"欣赏就是创造"，结果自然就是"批评就是创造"了，其美学酝酿出的批评即为"创造的批评"。朱光潜先后在《欧洲近代三大批评学者（三）——克罗齐》《文艺心理学》《创造的批评》和《近代美学与文学批评》等文和著作中对这一批评理论进行了反复的介绍和评价。

克罗齐美学的基本命题是"艺术即直觉"，认为美感经验就是形象的

---

① 朱光潜：《中国文学之未开辟的领土》，《朱光潜全集》第8卷，安徽教育出版社1993年版，第141页。

② 朱光潜：《文艺心理学作者自白》，《朱光潜全集》第1卷，安徽教育出版社1987年版，第197页。

③ 朱光潜：《诗论·抗战版序》，《朱光潜全集》第3卷，安徽教育出版社1987年版，第4页。

直觉，其他美学理论都是围绕这一命题展开的。而所谓"创造的批评"，其基本信条就是认为创造和欣赏都是一回事，"它们都是美感经验，都是形象的直觉"。①因为无论是创造还是欣赏，首先在心目中都要见出一种形象或意象，并且这种意境都有一种情趣饱和在里面。而艺术品都有物质和精神两方面构成。物质方面大凡都是固定的形迹，如文学所用的文字、绘画所用的形色和音乐所用的谱调等。精神方面则是情趣和意象相融合而成的整体艺术境界。一件艺术品就是一完整的生命体，各人尽管都能看见它的形迹，但不一定能领会其精神，且各人所领会的精神也会彼此不同。其中原因在于各人的性格经验不同，每个人所领略的艺术境界归根结底都是其性格经验的返照；并且今天所领略的与明天所领略的也会不同，因为性格经验是生生不息的。如此，"欣赏一首诗就是再造一首诗，每次再造时都是要拿当时的整个性格和经验做基础，所以每次再造的都是一首新鲜的诗。"正是由于艺术品的精神方面时刻处于"创化"中，所以"创造和欣赏永远不会是复演，真正的艺术的境界永远是新鲜的，永远是每个人凭着自己的性格和经验所创造出来的"。②

从以上朱光潜对克罗齐"创造的批评"的基本学理的介绍中，我们不难发现其观点与二十世纪接受美学批评理论大抵是相近的，朱光潜以此作为自己"创造的批评"观的核心。他曾说道："我始终相信'欣赏一首诗，就是再造一首诗'，因经验、学问、心性不同，见到的也自然不同。因此，欣赏大半是主观的，创造的。"③在作家、作品和读者三者所构成的文学关系中，朱光潜在批评上显然更着重于对读者（批评者）的关注，强调其在批评过程中的主体融入和在整体审美把握中的再创造。在《谈书

---

① 朱光潜：《近代美学与文学批评》，《朱光潜全集》第3卷，安徽教育出版社1987年版，第415页。

② 朱光潜：《创造的批评》，《朱光潜全集》第8卷，安徽教育出版社1993年版，第378页。

③ 朱光潜：《说"曲终人不见，江上数峰青"——答夏丏尊先生》，《朱光潜全集》第8卷，安徽教育出版社1993年版，第394页。

评》一文中，他还说到作为批评的态度，当然应该是公平，但这也易引起误解，因为"一个人只能在他的学识修养范围内说公平话"，并援引法郎士的话加以佐证，因为每个人最大的厄运就是摆脱不开他自己，所以他认为书评作为一种艺术，"像一切其它艺术一样，它的作者不但有权力，而且有义务，把自己摆进里面去，它应该是主观的，也就是说，它应该有独到见解。"而作为好的书评都是"再造"的结果，并且声明自己特别看重这点。①但另一方面，朱光潜显然也未完全囿于克罗齐的理论，他在对克罗齐美学的批判中表现出自己的理论个性和创见，进而对京派文学批评的实践品格予以了理论实质上的充分揭示。

首先，朱光潜正确地区分了美感态度和批评态度，并在此基础上合理指出了创造、欣赏和批评之间的关系。克罗齐认为创造和欣赏都是形象的直觉，其中不能掺杂任何抽象的思考，因此在他看来，批评的态度和美感的态度是两不相容的，所以他说"诗人死在批评家里面"。朱光潜一方面指出两者之间的区别。美感观照是一种单纯的直觉活动，对于观照的对象不作判断；而批评则是名理的活动，是以理智去判别是非美丑，与直觉不同。另一方面却也明确地指出两者虽然有别，但并非水火不容。他说美感经验和名理的思考不能同时并存，但这并不意味着在美感经验之前和之后不能有名理的思考。创造和欣赏主要是一种美感活动，直觉的对象全在形象本身，与实际人生无涉，但在进入批评时却必须了解作品与人生的联系，因为艺术是情感的表现，它与生活经验息息相关，所以需用名理的思考。其中美感经验之前的名理的思考就是了解，美感经验之后的名理的思考就是批评。即我们在接触一个作品时，需对作者的生平遭际、创作动机等创作的相关背景材料作些了解，这种"了解"是为欣赏作准备，在经过欣赏获得美感经验后，还得有反省，这种对作品的理性的反省即为批评。

---

① 朱光潜：《谈书评》，《朱光潜全集》第8卷，安徽教育出版社1993年版，第425–426页。

朱光潜指出，以上两种活动"虽相因为用，却不容相混"。①正是在此基础上，朱光潜合理地给出了创造、欣赏和批评之间的关系。他说："创造是造成一个美的境界，欣赏是领略这种美的境界，批评则是领略之后加以反省。领略时美而不觉其美，批评时则觉美之所以为美。不能领略美的人谈不到批评，不能创造美的人也谈不到领略。批评有创造欣赏做基础，才不悬空；创造欣赏有批评做终结，才底于完成。"②由此可见，朱光潜在将美感态度和批评态度加以区分的同时又使两者在批评的具体操作过程中彼此联系在了一起，所以他说：美感和批评的态度虽然有直觉和反省的分别，彼此之间却互相补充。

其次，朱光潜认同英国心理学派批评家理查兹的观点，认为批评学说必须依靠的台柱有两个，一个是价值说，一个是传达说，明确指出了克罗齐美学的缺陷，认为他对"传达"的解释和价值论都不甚圆满。在《文艺心理学》中，朱光潜专设《克罗齐美学的批评》一章，指出克罗齐美学的三大毛病，即机械观、关于"传达"的解释和价值论。其中特别探讨的就是批评中传达与价值的问题。克罗齐所谓"创造""表现""艺术"的意义与一般人的通常看法不同，一般人的所谓"创造"是包含着想象和传达两种活动的，即只在心中酝酿出意象而没有将其表现出来成为作品，就不能算是创造艺术。但在克罗齐看来，创造艺术完全是在内的活动，在心里直觉到一个形相，就是创造，就是表现，这形相本身就是艺术。而传达只是把心中的形相用艺术（如选择媒介和表现技巧等）表现出来，只是一种"物理的事实"，不能算是艺术活动，因为艺术即直觉，既不带抽象的思考，也不带实用的目的，而传达既有思考又有目的。所以克罗齐虽然不否认传达本身，但否认传达是艺术的活动。对此，朱光潜认为这一见解太过

①　朱光潜：《文艺心理学》，《朱光潜全集》第1卷，安徽教育出版社1987年版，第277页。
②　朱光潜：《文艺心理学》，《朱光潜全集》第1卷，安徽教育出版社1987年版，第276–277页。

偏激。具体原因在于：其一，每个人都能用直觉，都可以在心中想到种种意象，但并不是每个人都是艺术家。因为艺术家除能"想象"外，还要能把心中的"象"表现在作品里，其中必须有传达的技巧，由此可知传达对于艺术是一种非常重要的活动。其二，艺术家即使在心里酝酿意象时，也不能离开他所常用的特殊媒介或符号，所以直觉或创造和传达在实际中是不能分开的。其三，克罗齐忽视了艺术的社会性。艺术家也是社会动物，有意无意之间不免受到社会环境的影响，总想把自我的活动扩张为社会的活动，使社会和自我发生同情，他们有时虽看轻社会，鄙视它没有能力欣赏较高的艺术，但在心中仍不免悬着一种未来的理想的同情者。因此没有传达的需要也就不会有艺术。以上三个方面，朱光潜认为克罗齐都没有顾及，所以他将传达几乎全抹杀了。而在艺术的价值问题上，克罗齐同样表现出偏颇。所谓价值就是好坏美丑的问题。由于克罗齐认为艺术是完全含蓄在心的意象，那么除自己以外别人是看不见的，所以别人无法评判它的好坏美丑，这样克罗齐在抹杀传达的同时也就抹煞了价值。另外，克罗齐虽然承认艺术的特殊价值是美，但在他所谓美即"成功的表现"，它是绝对的，没有程度上的分别。而实际上艺术的美是形容"表现"的，在"如何表现"上有着许多程度上的分别，所以美本身也有着等差。朱光潜正是在对克罗齐的传达说和价值说进行纠偏的基础上，提出了批评中一个非常重要的观点，即所谓批评"不仅要批评意象本身（内容）的价值，尤其要批评该意象的传达或表现（形式）是否恰到好处"，[①]从而将艺术的传达与艺术的价值评判统一了起来。

朱光潜是在对克罗齐美学的接受和评判中形成了自己的"创造的批评"观。综上所述，他的这一批评观包含了以下方面的内容：一，批评是主观的活动，批评家主体不是作品被动的解说者，他们因自身经验、学问、心性等不同表现出巨大的创造性。二，批评是名理的活动，虽然总体上仍强调美感经验，但不忽视名理的思考，并在具体的批评中将两者结合

---

① 朱光潜：《文艺心理学》，《朱光潜全集》第1卷，安徽教育出版社1987年版，第365页。

起来。三，认为批评"不仅要批评意象本身（内容）的价值，尤其要批评该意象的传达或表现（形式）是否恰到好处"，将艺术的传达和艺术的价值判断统一起来，在对作品艺术传达分析的基础上对作品艺术价值进行判定。朱光潜的这一批评观一方面予以京派文学批评高度的理论总结。京派批评家大凡都把批评看作是自我印象的赏鉴，在批评方法上倾向印象主义的批评，注重整体审美把握，但同时又结合社会历史批评、心理学批评和传记批评等给予作品综合的解释，表现出自身批评实是综合了几种批评的长处。而京派作为现代审美主义的代表，对艺术意识的追求使其在批评中更为关注作品的艺术表现，并结合自我的审美理想对作品进行臧否，作出艺术价值上的衡量。而另一方面，京派文学批评显然也在实践上给予了朱光潜"创造的批评"观充分的印证。那么，京派文学批评又是如何体现"创造性"的特色的呢？

朱光潜在对欧洲文学批评历史的考察中发现，历史上的"判官式""考据式"批评都把批评和创造看作两回事，只是到近代，这一倾向才被打破，将批评和创造视为同一艺术活动不可分开的两个阶段。而代表这一倾向的，一是克罗齐，着重"批评必寓创造"；二是英国现代诗人艾略特，着重"创造必寓批评"。[①]如果说"创造的批评"在理论上是来源于克罗齐美学，那么京派文学批评在实践上所表现出来的创造性品格却更多地走向了艾略特。

艾略特虽然被公认为是西方现代文学批评的源头，但他自始至终都清楚地表明自己的文学批评是属于"诗人批评家"的批评文学，只是一个诗人在从事创作时的一种副产品，所以他又称这种批评为"创作室批评"。所谓"创作室批评"，即认为创作家也是批评家，最有价值的文学批评往往是创作家的经验之语。在《完美的批评家》一文中，艾略特自报家门，公开承认自己是一位"诗人批评家"："本文的作者就曾极力主张'诗人批评家批评诗歌的目的是创作诗歌'。……如果说批评是为了'创作'或创

---

① 朱光潜：《创造的批评》，《朱光潜全集》第8卷，安徽教育出版社1993年版，第376页。

作是为了批评，我现在认为那是愚昧的……但是我还是期望批评家也是作家，作家也是批评家。"①作为"诗人批评家"，他只讨论与他创作相关的理论，只评论影响过自己的作家或作品，因此，"当他谈论创作理论时，他只把一种经验归纳与推广，但他探讨美学问题时，他就比不上哲学家那样有本事了。……所以简单地说，当诗人批评家论诗时，他的理论见解，应该从他所写的作品来考察。"②艾略特关于创作家也是批评家的观点在京派批评家中可以说是感同身受。朱光潜认为艺术家必须是自己作品的批评家，而这种自我批评意味着自觉的意识。③沈从文则说："我总觉得一个作家到某种程度，他自己是最细微的批评家。"④而作为他们的批评话语，就像京派最后一个作家汪曾祺所说的那样，"一个作家在谈论别的作家时，谈的是他自己。"⑤京派批评家首先是有着丰富创作经验的创作家，他们在创作中所形成的文学观念、创作倾向、文学趣味、审美理想等在他们的文学批评中都有着充分的显现。他们的批评在相当程度上是他们创作的一种延续，是自身创作理念和经验的表达，充分打上了自我主体的精神印记，具有显明的"创作室批评"的特点。

周作人在现代文学批评史上的地位早已确立，但这位被认为"确立了中国新文艺批评的础石"⑥的批评家却也是一位典型的"圈子批评家"。他的批评往往"以趣味为中心"，在批评对象选择上也是倾向与自己艺术风格和审美倾向相近的作家，如俞平伯、废名、刘大白、刘半农等。特别是

①转引自王润华：《沈从文小说新论》，学林出版社1998年版，第54页。

②转引自王润华：《沈从文小说新论》，学林出版社1998年版，第56页。

③朱光潜：《悲剧心理学》，《朱光潜全集》第2卷，安徽教育出版社1987年版，第278页。

④沈从文：《自己来支配自己的命运——在〈湘江文艺〉座谈会上的讲话》，王亚蓉编：《沈从文晚年口述》，陕西师范大学出版社2003年版，第73页。

⑤汪曾祺：《谈风格》，《汪曾祺文集》文论卷，江苏文艺出版社1994年版，第53页。

⑥阿英：《夜航集·周作人》，《阿英文集》，生活·读书·新知三联书店1981年版，第111页。

废名，废名每有作品，周作人都为其写序，成了包办废名著作序的批评家。在周作人的文学理念里，他讲求文章趣味，追慕闲适平淡，同时还将"简单味"和"涩味"结合起来，从而形成了自己的趣味主义文学观。他的批评就是以这种自我趣味为中心。在评俞平伯的《杂拌儿》《燕知草》时，他极力称许俞平伯文章的自然、雅致和脱俗的风致，并称赞"这风致是属于中国文学的，是那样的旧而又是这样的新"。①而对于废名的文章，他则一直表达着自己的喜好。"我不是批评家，不能说他是否水平线以上的文艺作品，也不知道是哪一派的文学，但是我喜欢读他，这就是表示我觉得他好。"②对于读者普遍感到难懂的《莫须有先生传》，他自称所懂未必多于别人，但也是"然而我实在很喜欢《莫须有先生传》"。③这个中原因，仍是周作人的趣味使然。他指出废名的《竹林的故事》《桃园》等小说中"隐逸性似乎是很占了势力"④，其中表达的正是自己的这种性情品性，他说："我不知怎地总是有点'隐逸的'，有时候很想找一点温和的读，正如一个人喜欢在树阴下闲坐，虽然晒太阳也是一件快事。我读冯君的小说便是坐在树阴下的时候。"⑤周说自己谈文章"以文情并茂为贵"，谈思想"以情理并合为上"。⑥因而对于《莫须有先生传》，他认为其好处

---

① 周作人：《〈杂拌儿〉跋》，钟叔河编：《周作人文类编》③，湖南文艺出版社1998年版，第637页。

② 周作人：《〈竹林的故事〉序》，钟叔河编：《周作人文类编》③，湖南文艺出版社1998年版，第626页。

③ 周作人：《〈莫须有先生传〉序》，钟叔河编：《周作人文类编》③，湖南文艺出版社1998年版，第652页。

④ 周作人：《〈桃园〉跋》，钟叔河编：《周作人文类编》③，湖南文艺出版社1998年版，第629页。

⑤ 周作人：《〈竹林的故事〉序》，钟叔河编：《周作人文类编》③，湖南文艺出版社1998年版，第626页。

⑥ 周作人：《自己所能做的》，钟叔河编：《周作人文类编》③，湖南文艺出版社1998年版，第145页。

"似乎可以旧式批语评之曰，情生文，文生情"。①周作人一直称赞废名的文章之美，认为他的简炼平淡朴讷的文体在文坛上很不多见，说"这种文体于小说描写是否唯一适宜我也不能说，但在我的喜含蓄的古典趣味上觉得这是一种很有意味的文章"，②同样显现自我趣味。而对于废名后期创作所表现出来的文体的晦涩，鲁迅和沈从文都有所批评，但周却表现出欣赏的态度，认为废名的文章的晦涩在于其文体的"简洁或奇僻生辣"③。这种态度显然又是与其对"涩味"的美学追求相关联的。因为在他看来，文章须有涩味和简单味才够耐读，所以在文词上应"以口语为基本，再加上欧化语、古文、方言等分子，杂糅调和，适宜地或吝惜地安排起来，有知识与趣味的两重的统制，才可以造出有雅致的俗语文来"。④由此可见，周作人的文学批评在很大程度上就是自己人生和文学趣味在创作之余的另一显现。

"诗人批评家"重在评价对自己有影响的作家和作品以及探讨与自己创作相关的理论，因此在批评中对于那些与自己创作倾向相同，自己有兴趣表现的题材、主题乃至艺术手法的作家作品往往给予十分的重视。在这点上，沈从文的文学批评有着充分的体现。在沈从文的小说中，最让人迷醉的是以湘西沅水流域为背景，描写被现代文明所毁灭的乡村，再加以把抒情诗、散文、游记笔调糅进小说的乡土抒情体小说，因此在批评中沈从文对曾影响过他以及自己深感兴趣的这类作家作品表现出强烈的认同。沈从文曾自述自己的乡土小说创作受鲁迅的影响。在《论施蛰存与罗黑芷》

---

① 周作人：《〈莫须有先生传〉序》，钟叔河编：《周作人文类编》③，湖南文艺出版社1998年版，第652页。

② 周作人：《桃园跋》，钟叔河编：《周作人文类编》③，湖南文艺出版社1998年版，第629页。

③ 周作人：《〈枣〉和〈桥〉的序》，钟叔河编：《周作人文类编》③，湖南文艺出版社1998年版，第647页。

④ 周作人：《〈燕知草〉跋》，钟叔河编：《周作人文类编》③，湖南文艺出版社1998年版，第644页。

中，他对两位作家创作的感兴在于两人的小说主题与技巧与自己都非常相似："这两人皆为以被都市文明侵入后小城小镇的毁灭为创作基础，把创作当诗来努力，有所写作。"①接着他将这一创作传统上溯至鲁迅开拓的乡土小说，"以被都市物质文明毁灭的中国中部城镇乡村人物作模范，用略带嘲弄的悲悯的画笔，涂上鲜明准确的颜色，调子美丽悦目，而显出的人物姿态又不免有时使人发笑，是鲁迅先生的作品独造处。"②沿着鲁迅的道路，分得这份长处的是鲁彦、许钦文和黎锦明等，但"于江南风物，农村静穆和平，作抒情的幻想，写了如《故乡》《社戏》诸篇表现的亲切，许钦文等没有做到"。③其中表现出自己对鲁迅小说的赞赏。而在《论中国创作小说》中他更是明确地表示自己倾向于鲁迅小说的感伤气氛和忧郁的笔调，《呐喊》因"混和的有一点颓废，一点冷嘲，一点幻想的美"让他喜欢。④对于废名对自己的影响，他则在《论冯文炳》中直接将自己和废名进行了比较。他说自己和废名"一则因为对农村观察相同，一则因背景地方风俗习惯也相同"，并都用"同一单纯的文体"来写作，所以两人小说表现出诸多相同。接下来他对废名小说艺术世界作了非常精细的捕捉和描绘："作者的作品，是充满了一切农村寂静的美。差不多每篇都可以看得到一个我们所熟悉的农民，在一个我们所生长的乡村，如我们同样生活过来的活到那地上。不但那农村少女动人清朗的笑声，那聪明的姿态，小小的一条河，一株孤零零的长在菜园一角的葵树，我们可以从作品中接近，就是那略带牛粪气味与略带稻草气味的乡村空气，也是仿佛把书拿来就可

---

① 沈从文：《论施蛰存与罗黑芷》，《沈从文全集》第16卷，北岳文艺出版社2002年版，第171页。

② 沈从文：《论施蛰存与罗黑芷》，《沈从文全集》第16卷，北岳文艺出版社2002年版，第171页。

③ 沈从文：《论施蛰存与罗黑芷》，《沈从文全集》第16卷，北岳文艺出版社2002年版，第172页。

④ 沈从文：《论中国创作小说》，《沈从文全集》第16卷，北岳文艺出版社2002年版，第200页。

以嗅出的。"①同周作人一样，沈从文也是盛赞废名的文体之美。"周作人称废名作品有田园风，得自然真趣。文情相生，略近于所谓'道'。不黏不滞，不凝于物，不为自己所表现的'事'或表现工具'字'所拘束限制，谓为新的散文的一种新格式。《竹林的故事》《桥》《枣》，有些短短篇章，写得实在很好。"②以上所述，沈从文对鲁迅和废名小说的称赞及其对他们的小说艺术所作出的如此充分的捕捉和评述，一个根本的原因在于他们的创作倾向，包括题材选择、主题确立和艺术技巧的运用都是自己所强烈认同的。在此意义上，沈从文的文学批评完全可以视作是对他自己小说创作的一种注解。

　　作为中国现代审美主义的代表，京派在追求文学的社会意识与艺术意识平衡的过程中又表现出明显的对艺术意识的偏爱，认为作家在记住时代和社会的同时且不可忘了艺术。在他们看来，文学是一种艺术，"没有组织和文字上的技巧"不可能成就一个伟大的作品，③"作品好坏的最后评价终是艺术的优劣"。④在二十世纪三十年代，他们对文坛上忽视技巧的倾向作了有力的批评，为此沈从文写了《论技巧》，萧乾写了《为技巧申冤》，共同强调艺术表现技巧对于文学创作的重要。京派的这一文学观在他们的文学批评中得到了充分的反映。读京派的文学批评文章，一个很值得人注意的现象是：他们非常注重对作品的艺术表现和艺术技巧的分析，并且这种分析在他们的批评文章里是占据了相当的分量。在京派批评家中，周作人、李健吾、沈从文等批评文章已广为人们注意和熟悉，但对朱

----

　　①沈从文：《论冯文炳》，《沈从文全集》第16卷，北岳文艺出版社2002年版，第146页。

　　②沈从文：《从冰心到废名》，《沈从文全集》第16卷，北岳文艺出版社2002年版，第285页。

　　③沈从文：《风雅与俗气》，《沈从文全集》第17卷，北岳文艺出版社2002年版，第212页。

　　④萧乾：《给自己的信》，鲍霁编：《萧乾研究资料》，北京十月文艺出版社1988年版，第309页。

光潜具有实体性的文学批评文章却关注较少。朱光潜在理论著述之余也有不少具体的文学批评之作，比如他对周作人《雨天的书》、废名的《桥》、王文显的《委曲求全》、芦焚的《〈谷〉和〈落日光〉》等作家作品，以及主编《文学杂志》时为每期所写的《编辑后记》，其中都有对所登载创作的述评，这些都代表了朱光潜实体文学批评的主要成绩。在这些文章中，朱光潜同样表现出京派批评家在批评作品时的共同特点，关注作品的艺术表现并对之作出详细的分析。比如评论废名的《桥》。他首先将《桥》与普鲁斯特和伍尔夫夫人的作品作比较，它们都是"撇开浮面动作的平铺直叙而着重内心生活的揭露"，但《桥》在具体的艺术表现上与西方作家明显不同，西方作家揭示内心生活偏于人物对人事的反应，他们离不开戏剧的动作和站在第三者地位的心理分析，而《桥》则"偏重人物对于自然景物的反应"，所以给予读者的是"许多幅的静物写生"。[1]朱光潜在比较的分析中指出了废名小说在揭示人物内心生活上的艺术独特性。他还说到《桥》虽是许多年内陆续写成的，但是"愈写到后面，人物愈老成，戏剧的成分愈减少而抒情诗的成分愈增加，理趣也愈浓厚"，但这种理趣没有成为"理障"，"因为它融化在美妙的意象和高华简炼的文字里面"。[2]这其中全从艺术表现着眼打量《桥》，包括人物塑造、诗化叙事、整体意境的营造乃至具体的意象和语言，朱光潜正是在对这些艺术元素分析的基础上肯定了《桥》的艺术成就。在评论王文显的《委曲求全》时，通篇以对剧本的艺术表现分析构成了文章的主体。朱光潜高屋建瓴，认为该剧"最耐人寻味的是它的技巧"，[3]对其艺术结构、人物性格和戏剧叙事都作了精到的分析。首先他指出该剧最大的特点在于"每幕都在一种极紧张的局面闭幕，每一个紧张的局面都叫人提心吊胆的预料到某种事件会发

---

① 朱光潜：《桥》，《朱光潜全集》第8卷，安徽教育出版社1993年版，第552页。
② 朱光潜：《桥》，《朱光潜全集》第8卷，安徽教育出版社1993年版，第553页。
③ 朱光潜：《读〈委曲求全〉》，《朱光潜全集》第8卷，安徽教育出版社1993年版，第362页。

生，而结果都恰与预料的相反"。①写戏剧难于布局，而该剧的精于布局几乎是无瑕可指的。其次在人物性格上，剧中人物缺乏个性，性格也无生长的痕迹，朱光潜对此稍有批评，但也指出这一缺点并不妨碍喜剧，"因为喜剧的角色往往如此，""而且《委曲求全》之所以为喜剧不在它的角色而在它的情境。"②最后他对该剧的叙事加以赞赏，认为作者难得采用"他那一副冷静的客观的态度"加以叙事，"他只躲在后台笑，不向任何人表示同情或嫌恶，不宣传任何道德或政治的主张。"③而这种冷静客观的戏剧叙事表现出的恰是一种纯正健康的趣味。正是基于该剧在以上方面的表现，朱光潜肯定了该剧是中国话剧中一种"可惊赞的成就"，④它虽是由外文移译过来，但达到了雅俗共赏的艺术成就。这里我们虽然只是以朱光潜的文学批评文章为例，但我们由此一斑可见京派批评家总是力图通过对作品艺术表现技巧的分析来对作品进行艺术评价，充分体现了他们对文学艺术本体特征的尊重。

京派注重艺术技巧，但并不流入技巧趣味主义。在对待技巧的态度上，他们是"莫轻视技巧，莫忽视技巧，莫滥用技巧"；⑤在具体的运用上，他们是有着明确的审美理想的。京派视"静穆"为文学艺术的最高境界。朱光潜说道："就诗人之所以为诗人而论，热烈的欢喜或热烈的愁苦经过诗表现出来以后，都好比黄酒经过长久年代的储藏，失去它的辣性，只剩一味醇朴。""懂得这个道理，我们可以明白古希腊人何以把和平静穆

---

① 朱光潜：《读〈委曲求全〉》，《朱光潜全集》第8卷，安徽教育出版社1993年版，第362页。

② 朱光潜：《读〈委曲求全〉》，《朱光潜全集》第8卷，安徽教育出版社1993年版，第366页。

③ 朱光潜：《读〈委曲求全〉》，《朱光潜全集》第8卷，安徽教育出版社1993年版，第366页。

④ 朱光潜：《读〈委曲求全〉》，《朱光潜全集》第8卷，安徽教育出版社1993年版，第360页。

⑤ 沈从文：《论技巧》，《沈从文全集》第16卷，北岳文艺出版社2002年版，第473页。

看作诗的极境。"①对和平静穆的推崇使他们自觉地践行节制、恰当、和谐的美学原则，奉行中和之美。而在他们的文学批评中，他们也往往以此原则为尺度对作品作出艺术价值上的判断。和谐的美学理想是既体现在文学的内容又体现在艺术形式上的。他们对那些在创作上情感过热或过冷而不能节制的作品提出了很有善意的批评。比如巴金前期创作热情洋溢，对于这种倾向，李健吾和沈从文都给予了温和的批评。李健吾说热情虽然铸就巴金创作的风格，但也正是这热情使巴金不长于描写，因为热情不容他停下来描写。②实际上也是指出了巴金前期创作在艺术表现上的局限性。而沈从文也是针对这种倾向给予巴金忠告："……一个伟大的人，必需使自己灵魂在人事中有种'调和'，把哀乐爱憎看得清楚一些，能分析它，也能节制它。"③希望巴金"莫把感情火气过分糟蹋"④。另外像沈从文评价徐志摩的诗歌也是如此。他说志摩的诗"所取的由锦绣缎匹到大车灰土，也许是诗兴太热烈了，下笔不能自己似的，总是倾筐倒匣的，尽量将所想到的写出"，但这趣味是"滑稽的，他的诗句子正因其为太累赘，所以许多使句子徒美，反而无一点生命"。⑤在具体的艺术组织上，京派追求的也是妥帖和恰当。对于废名后期创作，沈从文毫不客气地指出其显出了"不康健的病的纤细的美"，原因在于废名一味追求晦涩，其"讽刺与诙谐的

---

① 朱光潜：《说"曲终人不见，江上数峰青"——答夏丏尊先生》，《朱光潜全集》第8卷，安徽教育出版社1993年版，第396页。

② 李健吾：《爱情三部曲——巴金先生作》，《咀华集·咀华二集》，复旦大学出版社2005年版，第8页。

③ 沈从文：《给某作家》，《沈从文全集》第17卷，北岳文艺出版社2002年版，第221页。

④ 沈从文：《给某作家》，《沈从文全集》第17卷，北岳文艺出版社2002年版，第224页。

⑤ 沈从文：《北京文艺刊物及作者》，《沈从文全集》第17卷，北岳文艺出版社2002年版，第21页。

文字奢侈僻异化，缺少凝目正视严肃的选择"。①京派坚持和谐的美学理想，因此对于创作中有违这一理想的作品，京派批评家总是给予适当的批评；反之，对于合乎这一理想的，他们则给予自己毫不吝惜的称赞。李健吾对沈从文的《边城》赞赏有加，在他看来《边城》是一部 idyllic 杰作，就是因为"这里一切谐和，光与影的适当配置，什么样人生活在什么样空气里"，它"细致，然而绝不琐碎；真实，然而绝不教训；风韵，然而绝不弄姿；美丽，然而绝不做作"。②京派以和谐的审美理想审视文学创作，并以此为尺度对作品作出爱憎取舍和价值判断，也向我们表明了文学批评领域实也是他们张扬自身审美理想的场所。

京派将其文学观、文学趣味、审美理想乃至创作倾向等融入其文学批评的实践中，使他们的文学批评充分打上了自我主体的精神印记。而所谓创造"却意味着参与自然本身的力量，意味着通过与自己的才能类似的才能，制造出和自己一样的有生命的存在"。③在此意义上，京派文学批评体现出巨大的创造性品格。同样是由于以上原因，京派文学批评也为我们寻求京派文学理念和美学趣味提供了一条重要线索，从而为我们更好地进入京派文学世界打下坚实的基础，因为京派文学批评本身就是京派文学世界的一个部分。法国文学批评家蒂博代认为人们"所能给予一位大批评家的最高赞誉是说批评在他手中真正成为一种创造"。④综合上述，京派批评家毫无疑问是经得起这一赞誉的，他们以带有"创作室批评"特点的文学批评完成了对"创造的批评"的最好诠释。

---

① 沈从文：《论冯文炳》，《沈从文全集》第16卷，北岳文艺出版社2002年版，第150页。

② 李健吾：《边城——沈从文先生作》，《咀华集·咀华二集》，复旦大学出版社2005年版，第28页。

③ 阿尔贝·蒂博代：《六说文学批评》，赵坚译，生活·读书·新知三联书店2002年版，第196页。

④ 阿尔贝·蒂博代：《六说文学批评》，赵坚译，生活·读书·新知三联书店2002年版，第196页。

也谈汪曾祺的文学史意义（代结语）

　　"汪曾祺的文学史意义"，这是一个并不具有多少新意的文章题目。因为早在二十世纪八十年代末，黄子平先生就曾写有《汪曾祺的意义》，随后将其收入《幸存者的文学》一书中。就在这篇文章中，黄先生立足于汪曾祺新时期复出后的创作，对汪在文学史上所具有的意义作了高度的概括。一是认为从其复出后的小说创作我们注意到了"一条中断已久的'史的线索'"的接续"，①这即是由鲁迅开启、经废名、沈从文、萧红、师陀等作家作品延续下来的"现代抒情小说"的线索；再是认为他通过"旧稿重写和旧梦重温，却把一个久被冷落的传统——40年代的新文学传统带到'新时期文学'的面前"。②当然这里的"40年代的新文学传统"并非广泛意义上的国统区、解放区和沦陷区的文学传统，而是把它锁定在汪曾祺曾就读的"西南联大"这一文学区域，连接于同样在新时期复出的"九叶诗人"身上，这样在黄先生看来，汪曾祺在新时期的小说自然就成为"80年代中国文学——主要是所谓'寻根文学'——与四十年代新文学、与现代

---

　　① 黄子平：《汪曾祺的意义》，《幸存者的文学》，台北远流出版公司1991年版，第95页。

　　② 黄子平：《汪曾祺的意义》，《幸存者的文学》，台北远流出版公司1991年版，第97页。

派文学的一个'中介'"。①由此可以见出，黄先生正是看出汪曾祺作品在中国现当代文学史上的这一历史"中介"地位，从而对其在文学史上的意义作了较高的评价。这无疑是可以看成对汪曾祺评价的一种定论的。但在这里，本文还是拈出这么一个显得"陈旧"的题目来作文章，其意只是换取一个角度，主要着重于汪曾祺的文学思想，以其文论文章为对象，从中撷取他思想的片段，看他在新时期的复出，是如何除了在文学创作之外，将在三四十年代一度鲜活的京派文学思想呈示在人们面前的？我想这恐怕也是"汪曾祺的文学史意义"这一题中应有之义。同时也想借汪曾祺对京派文学思想的接续和传承这一现象，探究一下一度被历史掩埋了30年的京派及其文学思想是如何继续发生了影响，从而它的命运到底是"寂寞"还是"不寂寞"的问题。

二十世纪八十年代初，伴随着汪曾祺的小说《受戒》和《大淖记事》在《北京文学》的发表，汪的小说在读书界就一直热评不断，特别是对于其小说中自然风景和民俗风情的描写，更是给予了高度评价，认为这为新时期小说创作开辟的一个新的途径。②但我们还应该注意到，同样在这一时期，汪曾祺还一连写下了好几篇关于沈从文的文章，它们是《沈从文先生在西南联大》《沈从文和他的〈边城〉》《又读〈边城〉》《一个爱国的作家》《沈从文的寂寞——浅谈他的散文》，这里无论是怀人之作还是文学评论之作，似乎都向我们表明，汪曾祺是有意地向当时的读者昭示出自己的小说创作之路是从哪里走来。汪曾祺的文学创作之路从沈从文处走来，或者说从三十年代的京派走来，这对于今天的读者来讲并不觉得稀奇，但在八十年代的历史语境

---

① 黄子平：《汪曾祺的意义》，《幸存者的文学》，台北远流出版公司1991年版，第105页。

② 相关文章有：唐挚的《赞〈受戒〉》（《文艺报》1980年第12期）；凌宇的《是诗？是画？——读汪曾祺的〈大淖记事〉》（《读书》1981年第11期）；陆建华的《动人的风俗画——漫评汪曾祺的三篇小说》（《北京文学》1981年第8期）和《评汪曾祺描写高邮旧生活的小说》（《扬州师范学院学报》1982年第1期）；程德培的《别是一番滋味在心头——读汪曾祺的短篇近作》（《上海文学》1982年第2期）等。

中，对于已经被文学史叙述踢出了30多年的沈从文及其京派作家，读者显然对他们是漠然的，这样，汪曾祺的一写再写沈从文就具有了一种特别的意味。而就在汪曾祺所写的这些关于沈从文的文章背后，在他身上，或者更确切地说是在他的小说创作里，重新复活了京派的文学理想。

对于自己在新时期以前的人生经历，汪曾祺曾说过下面的一段话："三十多年来，我和文学保持一个若即若离的关系，有时甚至完全隔绝，这也有好处。我可以比较贴近地观察生活，又从一个较远的距离外思索生活。我当时没有想写东西，不需要赶任务，虽然也受错误路线的制约，但总还是比较自在，比较轻松的。我从弄文学以来，所走的路，虽然也有些曲折，但基本上能做到我行我素。经过三四十年缓慢的，有点孤独的思想，我对生活、对文学有我自己的一点看法，并且这点看法正像纽子大的枇杷果粒一样渐趋成熟。"①这里汪曾祺说到对文学有着自己的"一点看法"，那么这是怎样的"一点看法"呢？它的源头又是在哪里呢？

汪曾祺对文学的这"一点看法"首先就表现在他文学创作观里所形成的文学是表现人性的观点。对于《受戒》，他曾直言自己"主要想说明人是不能受压抑的，反而应当发掘人身上美的、诗意的东西，肯定人的价值。我写了人性的解放。"②对于优美健康自然人性的艺术表现是京派作家一贯的创作基点，因而对于《受戒》，汪曾祺并不隐瞒其直接受惠于沈从文的《边城》。他说沈从文小说里"那些农村的少女，三三，夭夭，翠翠，是推动我产生小英子这样一个形象的一种很潜在的因素"，至于这篇小说像什么，则觉得"有点像《边城》"。③其实在汪曾祺复出后的小说创作里，对自然人性的书写一直是其小说的重要主题之一，《受戒》是，《大

---

① 汪曾祺：《晚翠文谈·自序》，《汪曾祺文集》（文论卷），江苏文艺出版社1994年版，第203页。

② 汪曾祺：《受戒》，转引自杨早编：《汪曾祺集》，花城出版社2008年版，第35页。

③ 汪曾祺：《关于〈受戒〉》，《汪曾祺文集》（文论卷），江苏文艺出版社1994年版，第227-228页。

淖记事》是，以至于在晚年较多涉及的性爱题材小说，将不受压抑的、正常的性爱视为人性健康的象征，其主题命意都是在歌颂和赞美那来自于自然的人性的美好。在他看来，"美"和"健康的人性"是"任何时候都需要的"，①正是基于这样的认识，使汪曾祺在对人性的书写中确立起自身创作的人道主义思想，而这种人道主义也即是他所说的"不带任何理论色彩，很朴素，就是对人的关心，对人的尊重和欣赏。"②

就在汪曾祺对美好人性的讴歌中，我们还看到在这其中实也寄寓着他的文学功用思想。他对沈从文所主张的好的作品在除了使人获得"真美感觉之外，还有一种引人'向善'的力量，……从作品中接触到另外一种人生，从这种人生景象中有所启发，对人或生命能作更深一层的理解"③的看法有着高度的认同，他说"这是对文学功能的最正确的看法"。④汪曾祺对于文学创作也有着一个"朴素的古典的中国式的想法，就是作品要有益于世道人心。"⑤但这有益于世道人心并不是通过道德说教去完成的。他将作家的创作需要和社会效果的需要两相结合起来，从而揭示出自己的文学的功用观。他说自己创作就是"要运用普通朴实的语言把生活写得很美，很健康，富于诗意"，这是他"美学感情的需要"，但这同时也是他"要想达到的效果"——"我想把生活中真实的东西、美好的东西、人的美、人

---

① 汪曾祺：《关于〈受戒〉》，《汪曾祺文集》（文论卷），江苏文艺出版社1994年版，第228页。

② 汪曾祺：《我是一个中国人》，《汪曾祺文集》（文论卷），江苏文艺出版社1994年版，第238页。

③ 沈从文：《小说作者和读者》，《沈从文全集》第12卷，北岳文艺出版社2002年版，第66页。

④ 汪曾祺：《又读〈边城〉》，《汪曾祺文集》（文论卷），江苏文艺出版社1994年版，第100页。

⑤ 汪曾祺：《美学感情的需要和社会效果》，《晚翠文谈》，浙江文艺出版社1988年版，第26页。

的诗意告诉人们，使人们的心灵得到滋润，增强对生活的信心、信念。"①
这里鲜明地表达着汪曾祺欲通过"美"的表现来实现文学的社会作用，这
也即是京派作家所倡导的以美和爱来实施文学的情感教育的功能观，而在
汪曾祺看来，美育正是"医治民族创伤，提高青年品德的一个很重要的措
施"。②

当然，汪曾祺对文学的"一点看法"不仅仅是以上属于文学内容层面
的意见，还有着他对文学形式方面的看法。在中国当代作家中，也许还没
有哪位作家像汪曾祺那样更多地谈过语言的问题。以"语言"为题，他就
先后发表了《关于小说的语言（札记）》《"揉面"——谈语言》《中国文
学的语言》等文章，在这些文章里，汪曾祺将其"语言观"和盘托出。在
他看来，语言具有内容性、文化性、暗示性和流动性等特点，对于小说的
语言，他从来不认为它是"纯粹外部的东西"，而是"和内容同时存在
的，不可剥离的"，③在语言上浸透着作家的人格和气质。汪曾祺对语言的
高度重视实际上也反映出他对小说文体意识的自觉。他主张打破小说、散
文和诗的界限。早在二十世纪四十年代，他就表达过自己对小说的意见，
"宁可一个短篇小说像诗，像散文，像戏，什么也不像也行，可是不愿意
它太像个小说，那只有注定它的死灭。"④表现出强烈的小说文体创新意
识。而进入新时期，汪曾祺更是对小说的散文化和诗化作了许多理论阐
述。比如他一一指陈散文化小说的特点，说其不写重大题材、不过分刻画
人物、结构松散、注重意境的营造和潜心于语言的意识等等，同时又认为

---

① 汪曾祺：《美学感情的需要和社会效果》，《晚翠文谈》，浙江文艺出版社1988年
版，第24–25页。

② 汪曾祺：《关于〈受戒〉》，《汪曾祺文集》（文论卷），江苏文艺出版社1994年
版，第228页。

③ 汪曾祺：《关于小说的语言（札记）》，《汪曾祺文集》（文论卷），江苏文艺出版
社1994年版，第22页。

④ 汪曾祺：《短篇小说的本质》，转引自杨早编：《汪曾祺集》，花城出版社2008年
版，第464页。

"短篇小说应该有一点散文诗的成分","散文诗和小说分界处只有一道篱笆,并无墙壁。"①而他也一直致力于这一文体的小说创作,并用"散文化"和"诗化"来概括自己的小说特色。而从汪曾祺小说的文体意识和小说创作特点上,我们都可清楚地知道这些实都是对沈从文所主张的糅诗、游记、散文和抒情幻想于一体的小说文体的继承。

最后还要提到的是,汪曾祺不仅将京派的文学创作理想带进了新时期,同时还以自身的文学批评文章将三十年代京派文学批评的风致复活了过来。汪曾祺在创作之余,也写了不少的文学批评文章,在这些批评文章里,到处流溢着京派文学批评的光彩,他注重直觉感悟、强调"灵魂的探险"、追求批评文章的美文化,处处显示出京派文学批评所强调的以"文学的尺度"来打量批评对象的方法。而就在汪曾祺所写的这些文学批评文章里,他也鲜明地表达出自己的文学批评观。他反对在文学批评中硬套西方理论的做法。他说"有些搞文艺理论的同志,完全用西方的一套概念来解释中国的不但是传统而且是当代的文学现象。我以为不一定能解释清楚。中国人和西方人有许多概念是没法讲通的。"而他所主张的文学批评,正像他对自己的文学批评所认知的那样:"我写的评论是一个作家所写的评论,不是评论家所写的评论,没有多少道理,可以说是印象派评论。现在写印象派评论的人少了。我觉得评论家首先要是一个鉴赏家,评论首先需要的是感情,其次才是道理,这样才能写得活泼生动,不至于写得干巴巴的。评论文章应该也是一篇很好的散文。"②这其中所吐露出的文学批评观点可以说正是对京派文学批评思想的承续。

以上我们所呈现的汪曾祺的文学思想片段,无论是属于文学创作层面上的文学表现自然健康人性的观点和散文化的小说文体意识,还是属于文

---

① 汪曾祺:《晚饭花集·自序》,《汪曾祺文集》(文论卷),江苏文艺出版社1994年版,第197页。

② 汪曾祺:《汪曾祺文集·自序》,《汪曾祺文集》(小说卷),江苏文艺出版社1994年版,第5页。

学本体层面上的对文学美育功用思想的主张以及属于文学批评层面上的印象式批评的见解，对于因长期受政治规范而制约的当代文学来讲都具有明确的现实针对性，因此当汪曾祺小说在新时期出现，并产生了强大的冲击力，有力地冲击着人们的视觉和精神，是毫不奇怪的。但在另一个层面来看，结合我们在前面已经论述过的京派文学思想内容体系，汪曾祺的上述文学思想处处散发着京派文学思想的光芒，这样通过汪曾祺，我们似乎就看到一度被历史阻隔30年的京派仍然有着它强大而坚韧的生命力，其文学思想是如何深深地影响了当时的一代文学青年。而从此，我们似乎又进一步看到了京派所曾拥有的一种"寂寞"和"不寂寞"的命运。对于以启蒙和救亡为主题的现代中国来讲，京派文学理想因对现实政治的超越性显得生不逢时，这不可避免地促成了其"寂寞"的命运。但无论是京派文学还是其思想所散发着的现代审美主义理想又是不可磨灭的，这在新时期的汪曾祺身上得到了显现，当然也会继续通过汪曾祺，在当代文学进程中发挥影响，从这点言，它的命运就不会也不可能是"寂寞"的。汪曾祺曾用"寂寞"来形容沈从文的散文风格，但事实上也是形容其命运，但他又说："寂寞是一种境界，一种很美的境界。"①对于京派的"寂寞"，我想也应作如此观！

---

① 汪曾祺：《沈从文的寂寞》，《汪曾祺文集》（文论卷），江苏文艺出版社1994年版，第111页。

参考文献

一、作品、文集类

1. 卞之琳：《人与诗：忆旧说新》，安徽教育出版社2007年版。

2. 陈学勇编：《林徽因文存》，四川文艺出版社2005年版。

3. 陈学勇编：《凌叔华文存》，四川文艺出版社1998年版。

4. 废名：《废名集》，北京大学出版社2009年版。

5. 何其芳：《何其芳文集》，人民出版社1982年版。

6. 李长之：《李长之批评文集》，珠海出版社1998年版。

7. 李广田：《李广田散文选集》，百花文艺出版社2004年版。

8. 李健吾：《李健吾批评文集》，珠海出版社1998年版。

9. 李健吾：《咀华集·咀华二集》，复旦大学出版社2005年版。

10. 梁宗岱：《梁宗岱文集》，中央编译出版社2003年版。

11. 鲁迅：《鲁迅全集》，人民文学出版社1981年版。

12. 沈从文：《沈从文全集》（1-27卷），北岳文艺出版社2002年版。

13. 师陀：《芦焚短篇小说选集》，江西人民出版社1983年版。

14. 汪曾祺：《汪曾祺文集》，江苏文艺出版社1994年版。

15. 吴福辉编：《京派小说选》，人民文学出版社1990年版。

16. 萧乾：《萧乾全集》，湖北人民出版社2005年版。

17. 杨振声：《杨振声选集》，人民文学出版社1987年版。

18. 张大明编：《李健吾创作评论选集》，人民文学出版社1984年版。

19. 钟叔河编：《周作人文类编》（1—10卷），湖南文艺出版社1998年版。

20. 朱光潜：《朱光潜全集》（1—10卷），安徽教育出版社1987年版。

二、论著类

1. 阿尔贝·蒂博代：《六说文学批评》，赵坚译，生活·读书·新知三联书店2002年版。

2. 蔡元培等：《中国新文学大系导论集》，上海良友复兴图书印刷公司1940年版。

3. 高恒文：《京派文人：学院派的风采》，上海教育出版社2000年版。

4. 哈迎飞：《半是儒家半释家——周作人思想研究》，人民文学出版社2007年版。

5. 韩石山：《李健吾传》，山西人民出版社2006年版。

6. 黄键：《京派文学批评研究》，上海三联书店2002年版。

7. 黄万华：《史述和史论：战时中国文学研究》，山东大学出版社2005年版。

8. 黄万华：《战后二十年中国文学研究》，人民文学出版社2008年版。

9. 黄万华：《中国和海外：20世纪汉语文学史论》，百花文艺出版社2006年版。

京派文学思想研究

10. 黄万华：《中国现当代文学》，山东文艺出版社2006年版。

11. 黄子平：《幸存者的文学》，台北远流出版公司1991年版。

12. 金耀基：《从传统到现代》，中国人民大学出版社1999年版。

13. 康长福：《沈从文文学理想研究》，人民出版社2007年版。

14. 勒内·韦勒克、奥斯汀·沃伦：《文学理论》，刘象愚等译，江苏教育出版社2005年版。

15. 李强：《自由主义》，中国社会科学出版社1998年版。

16. 李欧梵：《徘徊在现代和后现代之间》，上海三联书店2000年版。

17. 李扬：《沈从文的最后40年》，中国文史出版社2005年版。

18. 李泽厚：《中国现代思想史论》，天津社会科学院出版社2003年版。

19. 凌宇：《从边城走向世界——对作为文学家的沈从文的研究》，生活·读书·新知三联书店1985年版。

20. 凌宇：《沈从文传》，东方出版社2009年版。

21. 刘进才：《京派小说诗学研究》，河南大学出版社2005年版。

22. 刘淑玲：《〈大公报〉与中国现代文学》，河北教育出版社2004年版。

23. 罗宗宇：《沈从文思想研究》，湖南大学出版社2008年版。

24. 钱理群编：《二十世纪中国小说理论资料》（第4卷），北京大学出版社1997年版。

25. 钱理群：《1948：天地玄黄》，中华书局2008年版。

26. 钱理群：《周作人传》，北京十月文艺出版社1990年版。

27. 钱理群：《周作人研究二十一讲》，中华书局2006年版。

28. 钱理群、温儒敏、吴福辉：《中国现代文学三十年》，北京大学出版社1998年版。

29. 钱念孙：《朱光潜：出世的精神与入世的事业》，文津出版社2004年版。

30. 邵滢：《中国文学批评现代建构之反思：以京派为例》，湖北教育出版社2005年版。

31. 商金林：《朱光潜与中国现代文学》，安徽教育出版社1995年版。

32. 琉威松编：《近世文学批评》，傅东华译，商务印书馆1928年版。

33. 特雷·伊格尔顿：《二十世纪西方文学理论》，伍晓明译，北京大学出版社2007年版。

34. 田广：《废名小说研究》，中国社会科学出版社2009年版。

35. 王国维：《王国维文学美学论著集》，北岳文艺出版社1987年版。

36. 王乾坤：《文学的承诺》，生活·读书·新知三联书店2005年版。

37. 王润华：《沈从文小说新论》，学林出版社1998年版。

38. 王晓明：《二十世纪中国文学史论》（1-3卷），东方出版中心1997年版。

39. 王攸欣：《朱光潜学术思想评传》，北京图书馆出版社1999年版。

40. 王亚蓉编：《沈从文晚年口述》，陕西师范大学出版社2003年版。

41. 王岩石：《废名文学思想研究》，吉林大学博士论文，2010年。

42. 温儒敏：《中国现代文学批评史》，北京大学出版社1993年版。

43. 温儒敏、陈晓明等：《现代文学新传统及其当代阐释》，北京大学出版社2010年版。

44. 吴福辉编：《二十世纪中国小说理论资料》（第3卷），北京大学出版社1997年版。

45. 吴立昌：《文学的消解与反消解——中国现代文学派别论争史论》，复旦大学出版社2004年版。

46. 吴晓东：《文学的诗性之灯》，上海书店出版社2010年版。

47. 夏志清：《文学的前途》，生活·读书·新知三联书店2002年版。

48. 夏志清：《新文学的传统》，新星出版社2005年版。

49. 夏志清：《中国现代小说史》，复旦大学出版社2005年版。

50. 谢锡文：《边缘视域　人文问思——废名思想论》，山东大学博士论文，2008年。

51. 谢昭新：《中国现代小说理论史》，安徽大学出版社2003年版。

52. 许道明：《京派文学的世界》，复旦大学出版社1994年版。

53. 徐舒虹：《五四时期周作人的文学理论》，学林出版社1999年版。

54. 严家炎：《中国现代小说流派史》，人民文学出版社1989年版。

55. 杨冬：《文学理论：从柏拉图到德里达》，北京大学出版社2009年版。

56. 杨联芬：《二十世纪中国文学期刊与思潮》（1897-1949），百花洲文艺出版社2006年版。

57. 杨义：《京派海派综论》，中国社会科学出版社2003年版。

58. 杨义：《京派与海派比较研究》，太白文艺出版社1994年版。

59. 杨义：《中国现代小说史》，人民文学出版社2001年版。

60. 约翰·格雷：《自由主义的两张面孔》，顾爱彬、李瑞华译，江苏人民出版社2002年版。

61. 查振科：《对话时代的叙事话语——论京派文学》，春风文艺出版社2005年版。

62. 张吉兵：《抗战时期废名论》，华中师范大学出版社2008年版。

63. 张俊才：《中国现代文学主潮论》，人民文学出版社2007年版。

64. 张清平：《林徽因》，百花文艺出版社2002年版。

65. 张首映：《西方二十世纪文论史》，北京大学出版社1999年版。

66. 赵海彦：《中国现代趣味主义文学思潮》，中国社会科学出版社2005年版。

67. 赵澧等编：《唯美主义》，中国人民大学出版社1988年版。

68. 周仁政：《京派文学与现代文化》，湖南师范大学出版社2002年版。

69. 朱晓进：《政治文化与中国二十世纪三十年代文学》，人民出版社2006年版。

70. 庄锡华：《文化传统与中国文学理论的现代历程》，上海三联书店2009年版。

三、论文类

1. 白春超：《京派的文化选择：向传统倾斜》，《河南大学学报》（社科版）2006年第3期。

2. 曹谦：《追求艺术审美　坚守文学独立——京派文学观概论》，《江淮论坛》2008年第2期。

3. 段美乔：《论1946-1948年平津文坛的"新写作"》，《文学评论》2001年第5期。

4. 范培松：《论京派散文》，《文学评论》1995年第3期。

5. 范培松：《京派散文的再度辉煌》，《钟山》1994年第6期。

6. 高恒文：《"京派"：备忘与断想》，《文艺理论研究》1995年第4期。

7. 黄万华：《"京派"的终结和战后中国文学的转型》，《文学评论》2011年第2期。

8. 旷新年：《京派：历史与想象》，《北京文学》1998年第5期。

9. 李俊国：《"京派""海派"文学比较研究论纲》，《学术月刊》1988年第9期。

10. 李俊国：《三十年代"京派"文学批评观》，《中国现代文学研究丛刊》1987年第2期。

11. 李俊国：《三十年代"京派"文学思想辨析》，《中国社会科学》1988年第1期。

12. 刘峰杰：《论京派批评观》，《文学评论》1994年第4期。

13. 刘淑玲：《自由主义往哪里走？——1946-1949：〈大公报〉的文人立场与京派作家的文学选择》，《社会科学论坛》2004年第5期。

14. 刘勇、艾静：《京派作家的文化观》，《北京师范大学学报》（社科版）2008年第2期。

15. 王本朝：《诗学的政治：京派文学的审美主义》，《社会科学研究》2010年第3期。

16. 王富仁：《河流湖泊海湾——革命文学、京派文学、海派文学略说》，《中国现代文学研究丛刊》2009年第5期。

17. 吴福辉：《京派海派小说比较研究》，《学术月刊》1987年第7期。

18. 吴立昌：《论20世纪30年代"京""海"之争》，《南京师范大学文学院学报》2002年第2期。

19. 许道明：《京派文学：在现代与传统之间》，《复旦学报》（社科版）1993年第4期。

20. 许道明：《京派作家与中西文学》，《复旦学报》（社科版）1991年第4期。

21. 杨洪承：《京派的生存选择与文化的时空转换》，《淄博学院学报》1999年第4期。

22. 杨义：《京派小说的形态和命运》，《江淮论坛》1991年第3期。

23. 张洁宇：《"新文人"与新文学——五四新文化运动与"学院型文人"群的形成》，《首都师范大学学报》（社科版）2009年第4期。

24. 周仁政：《论二十世纪四十年代的京派和海派》，《文学评论》2004年第2期。

25. 周仁政：《论后期京派文学》，《文学评论》2001年第5期。

26. 朱晓进：《"远离政治"：一种针对"政治"的姿态——论30年代"京派"等作家群体的政治倾向》，《南京师大学报》（社科版）2000年第2期。

后　记

在中国现代文学诸多作家中，我不讳言自己对京派作家及其文学有着一种偏爱，京派作家温文儒雅的精神气质，以文化安身立命的生命姿态，乃至干净纯洁的文字风格，都曾让我倾心不已。正是这种心理情结，让我一直念念不忘去写一篇关于京派的文章。还在读硕士时，毕业论文本就有心去做沈从文研究，后来因为研究方向的原因，改写了研究台湾作家白先勇的文章。因此，待到自己去读博士，在确定博士论文选题时便不由自主地"滑到"京派研究上。于是迫不及待地向导师黄万华先生汇报自己的想法，谈题目，谈提纲，在征得黄万华师的肯定意见后，便信心满满地展开工作了。在当时，我坚信自己将会写出一本厚厚的书来，虽然黄万华师在肯定选题的研究价值和意义时就曾提醒我研究京派将会遇到的困难，不可轻视其中的难点，但我还是雄心勃勃地开始了。然而时至今日，遗憾的是，厚书终没有写成，呈示于读者面前的仍只是一册薄薄的小书。

我一直有这样的一种看法，京派与中国现代文学其他文学流派相比较，它并不存在封闭性的特征。京派围绕自身存在而展开的一系列文学命题，诸如文学与政治、商业，文学的社会意识与艺术意识，传统与现代等问题实际上也贯穿于二十世纪中国文学的整个发展过程。这样，对京派的研究也就不是单纯的文学流派研究，其研究的触角伸展极其广阔，是可以不断生长的。京派已然成为中国现代文学的一种传统，京派研究在中国现代文学研究中已然久远深厚，但我依然相信京派研究有着巨大的开拓空间。本书的写作即是在此方面的一个尝试。本书在梳理和把握京派研究历史及现状的基础上发现问题，从京派文学思想是一体系性的存在出发，以整体观照的视野对其体系进行了建构和阐释。但在具体的研究过程中，也难免顾此失彼。比如，因急于回答京派文学思想"是什么"，而放松了对其背后"为什么"的追问；因着意于对京派文学思想整体建构，强调京派作家群体文学思想对整个流派的辐射性，而放松了对京派作家文学思想个体差异的探讨等。个中不足，无须掩饰，但可为日后研究提供新的起点。

本书是在博士论文的基础上修订而成，同时也是安徽省社科规划项目的结项成果。整个博士论文的写作，是在导师黄万华先生的指导、鼓励和宽容下完成的。问学于先生门下，始终有着如坐春风里之感。先生本就具有京派文人风范，温文儒雅，学养深厚，以学术行天下。问学于先生，不仅获得学问上的教益，而且时常被先生身上所散发的人格魅力所裹挟，让自己心向往之。至今依然清晰地记得毕业离校前夕，先生陪我在山大中心校区的校园里走了很久，给我谈人生，谈学术，给我加油鼓励。而今论文出版，先生又是欣然赐序鼓励。此中深情，自当铭记终生！在感谢先生对自己培养和关爱的同时，也每每为自己学术上的不够精进而心中有愧于先生！

在我接受学校教育的经历里，似乎与姓名中有"华"字的老师特别有缘。中学时班主任是吴有华先生和李奕华先生，硕士时导师是吴尚华先生，博士时导师是黄万华先生。在人生教育的每个重要阶段，与这么多姓名中有"华"字的老师相遇，受到他们的教益，也许是生命中早就安排好的一种约定，机缘巧合中让自己倍感荣幸。值生命中第一本小书出版之际，向人生各个阶段给予我知识和教育的所有老师们表示真诚的感谢！

此书的出版，得到了池州学院学术出版基金的资助。南京大学的黄发有教授、山东师范大学的魏建教授、山东大学的郑春教授、刘方政教授、张学军教授在博士论文答辩时曾给予本书宝贵的指导意见。安徽师范大学出版社的副总编辑侯宏堂教授，编辑李克非先生为本书出版付出了辛勤的劳动。在此一并致谢！最后感谢妻子余红梅女士，她是本书写作的"监督者"，也是本书的第一读者和批评者，其功劳不可埋没。

2017年3月20日